世界の名作文庫・W-51

くるみわり人形

作・ホフマン　訳・大河原晶子

もくじ

カバー絵
さし絵
朝《あさ》倉《くら》めぐみ

クリスマス・イブ

十二月二十四日の、クリスマス・イブの夜のことです。シュタールバウム家《け》の子どもたちは、すっかり待ちくたびれていました。

「きょうは特別な日ですからね、夜になるまで居間《いま》にはいってはいけませんよ。となりの客間《きゃくま》もね」

と、お父さんとお母さんから、かたくいいわたされていたのです。

しかたなくフリッツとマリーは、おくの部屋《へや》のすみっこで、ふたりしてちんまりすわっていたのですが、あたりはもうずいぶん暗くなってきたというのに、だれも明かりを持ってきてくれません。子どもたちに声をかけてくれるひともいません。心細《こころぼそ》くて、マリーなんか、半分べそをかき始めました。だって、ようやく七つになったばかりですもの。

おとなたちはなにをしているのでしょう。家じゅう秘密《ひみつ》のにおいでいっぱいです。

でも、フリッツはちゃんと知っていました。

「あのかぎのかかった部屋ではね、朝から、ガサガサ、ゴソゴソ音がしていたよ。トントン、金《かな》づちの音もきこえた。

さっきはね、黒い服を着たひとがこっそりろうかを歩いていったよ。ドロッセルマイアーおじさんさ、大きな箱《はこ》をわきにかかえて……」

マリーの顔はぱっとかがやきました。

「ほんとに？　きっとすてきなプレゼントを持ってきてくれたんだわ」

ドロッセルマイアーおじさんというのは、裁判所《さいばんしょ》のえらい判事《はんじ》さんで、ふたりの名《な》づけ親《おや》でした。背《せ》は低《ひく》く、やせっぽちで、顔はしわだらけ、右眼《みぎめ》に黒い眼帯《がんたい》をかけ、見ためはあまりぱっとしないひとでしたが、ふたりともこのおじさんが大好《だいす》きでした。

頭は、ほんとうはつるつるなのですけど、いつも白いかつらをかぶっています。そのかつらというのが、ガラス細工《ざいく》で、これはおじさんが自分で作ったものだと、マリーは信《しん》じていました。とても器用《きよう》なひとで、時計のようにこまかい機械《きかい》を組みたてるのさえあさめしまえです。

いちどシュタールバウム家《け》の時計がこわれたときも、おじさんはすぐになおしてくれました。ガラスのかつらをとり、黄色い上着をぬぎ、青いまえかけをさっとかけると、さきのとがったもので時計をつんつんつつき始めました。自分がつつかれているような気がして、マリーは思わず顔をしかめてしまいましたが、時計はあっというまにもとどおり。チクタクうたい始めました。おじさんはごきげん、フリッツたちも大よろこびです。

ドロッセルマイアーおじさんのポケットからは、いつも思いがけないものがとびだしてきます。白目《しろめ》をむいた人形が出てきて、ぴょこんとおじぎをするかと思うと、まるい小箱《こばこ》から、小鳥がヒヨヒヨ舞《ま》い出てきたこともあります。

とりわけクリスマスのときは、いつにもまして念入《ねんい》りに、手間《てま》ひまかけて、とびきりすばらしい細工《さいく》を、おじさんは作ってきてくれるのです。子どもにはもったいないといって、お父さんやお母さんが、手のとどかないいちばん上のたなにだいじにしまいこんでしまうのが、しゃくのたねなのですけれど。

「今年はなにかしら」

おじさんの名前をきくと、マリーはきゅうに元気になりました。

「きっと砦《とりで》だよ。なかでは、りっぱな兵隊《へいたい》が、いちに、いちにって行進《こうしん》してるんだぞ。敵《てき》がきても、大砲《たいほう》をぶっぱなして追《お》いはらってやる。ドカーン、バンバン」

「ちがうわ。きっときれいな庭園《ていえん》よ。おじさんがまえに話してくれたもの。湖《みずうみ》の上を白鳥が泳いでいるの。金のリボンを首《くび》につけて、きれいな声でうたってるんだわ。すてきでしょ？　そこに女の子が出てくるの。そうして、白鳥にマジパンをあげるの……」

マジパンというのはアーモンドの粉《こな》とさとうをねって、動物やくだもののかたちにつくったお菓子《かし》です。マリーは大好《だいす》きなのですが、

「白鳥は、マジパンなんて食べませんよーだ」

フリッツの乱暴《らんぼう》なことばに、マリーはしゅんとなりました。

「いくらおじさんでも庭園《ていえん》は無理《むり》だよ。それにどうせお父さんたちにとりあげられるのがおちだもの、もっと現実的《げんじつてき》に考えなきゃ」

「そうね、お父さんとお母さんからもらうとしたら……」マリーがいいます。

「あたしのお人形のトルートちゃん、知ってるでしょ？　このごろころんでばかりで、顔に傷《きず》はつけるし、服はよごすし、ほんとに悪い子なの。いくらしかってもだめなのよ」

フリッツも負けてはいません。

「栗毛《くりげ》の馬のいいやつがほしいんだ。それから騎兵《きへい》の数もたりないし……。それはお父さんも知ってるはずなんだけど」

マリーだってちゃんと知っていました。お父さんとお母さんが今ごろプレゼントをならべているころだということも、おさな子《ご》イエスさまがそのひとつひとつを祝福《しゅくふく》してくださるんだということも。ただ、あんまり部屋《へや》のなかが暗く、うすきみ悪くなったので、ちょっと不安《ふあん》になっただけなのです。

ふたりが、クリスマスのプレゼントのことをあれこれしゃべっていると、お姉さんのルイーゼがやってきて、横から口をはさみました。

「プレゼントをくださるのは、ほんとうはイエスさまなのよ。お父さんとお母さんはそのお使いをしているだけ。イエスさまは子どもたちのことを、とってもよく知ってらっしゃるんだから、あれこれいわないでおとなしく待ってなきゃだめよ」

マリーはすっかりしんみょうな顔になりました。

フリッツのほうはまだ安心できないのか、ぶつぶつ、もぐもぐいっています。

「……でも、栗毛の馬と騎兵がいいな……」

とうとう、部屋はまっ暗になってしまいました。フリッツとマリーは、待ちくたびれて、口をきく元気もありません。

そのときです。部屋の暗がりのなかに、さわさわとかろやかな羽《は》ばたきの音が舞《ま》いおりてきました。耳をすますと、遠くにすずやかな音楽もきこえます。と思うまもなく、ひとすじの光がきらりとかけぬけていきました。

「イエスさまよ、イエスさまがおとおりになったんだわ！」

チリンチリン　チリンチリン……

にわかに、銀の鈴《すず》の音が鳴りひびきました。大広間《おおひろま》のドアがぱっとあけはなたれました。ふたりは、それっとばかりかけだしました。

「わあ、すてき！」

「すごいや！」

かざりつけのすんだ大広間は、どこもかしこもかがやくばかりです。立ちすくんでいるふたりの手をとって、お母さんがやさしくほほえみました。

「お待ちどおさま、子どもたち。さあ、イエスさまのおくりものよ。さあさあ、おはいり、びっくりするわ」

おくりもの

この本を読んでいるあなた、あなたも、ほら、去年《きょねん》のクリスマスのこと、まだおぼえているでしょう？　まっ赤《か》なリボンや色とりどりの包《つつ》み紙《がみ》にくるまれたプレゼントの山を目にしたときの、あのうれしさ！

フリッツとマリーも、目をかがやかせ、息をのんで、口もきけずにつっ立っていました。やっとのことでマリーが深いため息をもらしました。

「――すてきねえ、とっても、すてき」

フリッツはわれにかえると、うれしさのあまり、二度、三度ととんぼ返《がえ》りをうちました。

こんなにたくさん、それもこんなにすてきなものばかり、クリスマスにもらうのははじめてです。フリッツもマリーも、この一年、よっぽどいい子にしていたのかな？

部屋《へや》のまんなかに立っているもみの木には、金色、銀色のりんごがかぞえきれないくらいぶらさがり、枝《えだ》という枝に、さとうをまぶしたアーモンドやら、色とりどりのボンボンやら、それはそれはいろいろな種類《しゅるい》のお菓子《かし》がむすびつけられて、まるで花が咲《さ》いたようです。

いちばんすてきだったのは、こんもり暗い枝かげに見えかくれしている、それはたくさんの小さなろうそくでした。それは、きらきら光る夜空の星みたいにまたたきながら、子どもたちにこう呼《よ》びかけているようでした。

「さあ、おいでおいで、子どもたち。りんごでもお花でも、なんでも好《す》きなものをおとり」

もみの木のまわりにつみあげられたプレゼントも、みな色とりどりに美しくかがやいています。

「わあ、かわいいお人形。ままごと道具《どうぐ》もあるわ」

ひとつひとつ手にとって歓声《かんせい》をあげていたマリーですが、なかでもうれしかったのは目のまえにつるしてあった絹《きぬ》のドレスです。うしろにまわってそっとリボンをひっ

ぱってみたり、まえにまわってフリルをなでてみたり、いくら見ていても見あきません。

「まあ、きれい。きれいな服！　これ、着ていいのね、ほんとうに着ていいのね」

うっとりしているマリーのわきでは、フリッツが、新しい栗毛《くりげ》の馬にまたがって、テーブルのまわりを、もう三周も四周もしています。テーブルのはしにつながれていたのをめざとく見つけたのです。

「こいつは荒馬《あらうま》らしいが、まあ、どうってことはない。そのうち手なずけてやるさ」

馬をおりながらそうつぶやくと、こんどは、新しいおもちゃの軽騎兵中隊《けいきへいちゅうたい》をずらりとならべて閲兵式《えっぺいしき》を始めました。

軽騎兵たちは、赤と金のはなやかな軍服《ぐんぷく》にきりりと身《み》をつつみ、ぴかぴかの銀のサーベルをこしにさげて、これまたぴかぴか光る白馬にまたがっています。純銀《じゅんぎん》でできているのかと思うほど、ぴかぴかかがやく白馬です。

「さあ、ひと休みしたら、つぎは絵本だぞ」

フリッツが指さしたさきにおいてあるのは、きれいな絵本です。見ひらきになったそのページには、赤、白、黄色の花ばながあふれ、ひとびとが歩き、子どもたちが遊んでいます。ほんとうに生きているようで、今にも話しかけてきそうです。

チリンチリン　チリンチリン……

ちょうどそのとき、また、あの鈴《すず》の音がひびきました。

「こんどは、ドロッセルマイアーおじさんの番よ」

ふたりは壁《かべ》ぎわのテーブルにかけよりました。

「やっときたな、子どもたち」

いよいよドロッセルマイアーおじさんの、ごじまんのプレゼントのおひろめです。さっとおおいをとりのけると、それはまあ、なんとすてきなおくりものでしょう！

花の咲《さ》きみだれる緑の芝生《しばふ》の上に、すっくとそびえたつお城《しろ》。窓《まど》にはめこまれているのは小さな鏡《かがみ》です。金色の塔《とう》もならんでいます。鐘《かね》がいっせいにうたい始めると、ドアが、窓が、つぎつぎにひらき、小さな愛《あい》らしい人形たちが、帽子《ぼうし》の羽根《はね》かざりをゆらし、長いすそをひきながら、歩きまわっているのが見えました。

まんなかの部屋《へや》にさがっている銀のシャンデリアには、何百というろうそくが、部屋ぜんたいを燃《も》えるような明るさで照《て》らし、チョッキを着た子どもたちが、鐘《かね》の音に合わせて踊《おど》っているのを、あかあかとうつしだしています。

おや、こちらの窓《まど》には、エメラルド色のマントをつけた男のひとが、ときどき顔をのぞかせてはマリーたちに手をふって、そしておくにひっこみます。そうかと思うと、ドロッセルマイアーおじさんそのひとが――といっても、背《せ》たけはお父さんの親指くらいなのですけれど――城門《じょうもん》のところに立っています。あらあら、お城《しろ》のなかに消えてしまいました。

フリッツはつくえの上にひじをついて、このふしぎなしかけに見いっていましたが、とうとう、こんなことをいいだしました。

「ドロッセルマイアーおじさん、ぼくもお城のなかにいれてよ」

「それは無理《むり》だよ、フリッツ」

ほんとうです、金の塔《とう》のてっぺんまでだって、フリッツの背たけほどもないのです。

フリッツはしばらく考えて、こんどはお城のなかの人形に声をかけました。

「お人形のドロッセルマイアーさん、こんどはむこうの戸口にいってみて」

「それもできないね」

と、ほんもののドロッセルマイアーさんがこたえました。

「じゃあ、さあ、あっちの外ばかりながめてる緑のマントの男のひとを、みんなといっしょに動くようにしてよ」

「だめだめ、無理なことというんじゃない」

「じゃあ、踊っているあの子たちを下におろしてよ。もっと近くで見たいんだ」

おじさんも、いいかげんふきげんになってきました。

「いいかい、フリッツ。機械《きかい》というのはね、いちど作ったら、もうかえられないもんなんだ」

なまいきなフリッツは、

「へーえ、そうなのお？」

と、口をとがらせました。

「けっきょくなにもできないの？　いくらきれいな人形だって、お城《しろ》のなかをいったりきたり、いつもおなじことしかできないんなら、ぼく、こんなのつまらないな。ぼくの兵隊《へいたい》たちのほうが、ずっとすごいや。進め！　まわれ、右！　ぼくの思いどおりに動かせるんだから。家のなかにこもったきりなんていうのとは、わけがちがうさ」

そして、銀色の馬にまたがる騎兵中隊《きへいちゅうたい》をせいぞろいさせると、これみよがしにつぎつぎと命令《めいれい》を出しました。

「さあ速足《はやあし》で一周しろ——つぎはその場でまわるんだ、ようし、足ならしはすんだな。さあ、突撃開始《とつげきかいし》、それ、かかれえっ！　うてえっ！　うてえっ！」

マリーもそっとお城のそばをはなれました。やはり、ものたりなかったのです。でも、おぎょうぎのよい、やさしい子でしたから、フリッツみたいにわざとらしいことはできません。

ドロッセルマイアーおじさんは、ぷんぷんしながらいいました。

「まったく、子どもたちにはまいりましたな。よろこんでくれると思ったんだが。まあいい、まあいい、さっさとしまって退散《たいさん》しましょう」

お母さんがあわてて口をはさみました。

「まあ、そんなことをおっしゃらないで、ドロッセルマイアーさん。ほんとうにすばらしいしかけですわ。なかはいったいどうなっていますの？」

こういうひとのきげんをなおすのはかんたんです。待ってましたとばかりに、おじさんはお城をすっかり分解《ぶんかい》し、それからあれよあれよというまに、またもとどおり組みたててみせました。

そのてぎわのよさ、たくみさに、お父さんもお母さんも、いちいち「ほほう」とか、「あら、まあ」と、おどろきの声をあげるので、すっかり気をよくしたおじさんは、ポケットから茶色の人形をとりだして、子どもたちににぎらせました。

顔や手足に金の粉《こな》がまぶしてあって、ジンジャーケーキのように、あまくておいしいにおいのする人形です。フリッツとマリーは顔を見あわせ、思わず歓声《かんせい》をあげました。

そこへルイーゼ姉さんが、

「ママ、すてきなプレゼントを、ありがとう」

もらったばかりの服に着がえて、しゃなりしゃなりと客間《きゃくま》にはいってきました。

「まあ、おしゃれな貴婦人《きふじん》の登場《とうじょう》ね。さあ、マリー、あなたもその絹《きぬ》のドレスに着がえて、どんなににあうか見せてちょうだいな」

「はい、お母さん。でももうすこし、ここでこうして見ていてもいい？」

「おやおや、ずいぶん気にいったのね」

お母さんは目を細《ほそ》めました。

お気にいり

じつは、マリーはそこを動きたくなかったのです。フリッツの騎兵《きへい》たちのかげにかくれて今まで気づかなかったのですが、とても気になる男のひとの人形をひとつ、見つけたのでした。その人形は、そっとうしろのほうにひかえていて、自分の出番《でばん》がくるまで、おとなしくじっと待っていたみたいでした。

身《み》なりはりっぱな人形でしたが、からだつきの、なんとぶかっこうなことでしょう。

「細い足をしているのねえ、胴体《どうたい》がこんなにがんじょうじゃあ、重くてふらついたりしないかしら。それに、ずいぶん頭でっかちさんだわ」

きちんと着こなしたすみれ色の騎兵服《きへいふく》に、白いボタンやひもかざりがよく映《は》えて、細身《ほそみ》のブーツもすてきです。ほっそりした足に、絵筆《えふで》でそっと描《か》きこんだみたいにぴったりあったブーツです。これだけならば、趣味《しゅみ》のよい、教養《きょうよう》のある人物にも見えます。

　でも、どうもぜんたいのつりあいがちぐはぐです。どうしてこんなにこっけいな、板きれみたいにつっぱったマントをはおっているのでしょう。おまけに、頭にのせているのは作業帽《さぎょうぼう》じゃありませんか。すみれ色の騎兵服《きへいふく》も、ブーツも、これじゃだいなしです。

「あら、笑《わら》っちゃいけないわ。ドロッセルマイアーおじさんだって、おかしなマントを着たり、へんてこな帽子《ぼうし》をかぶったりするけれど、やさしいおじさんにはかわりないもの」

　マリーは、くすり、と笑いかけて、すぐにそう思いなおしました。でも、こんなふうにも考えました。

「おじさんが、このすみれ色の軍服《ぐんぷく》を着たらどうかしら――うふふ、きっとこれほどすてきには見えないわ」

　マリーはひと目でこの感じのいい人形が好《す》きになりました。見れば見るほど、気だてのよさそうな顔だちです。

大きく見ひらいたうす緑色の目は、ちょっぴりとびでてはいましたけれど、やさしさと思いやりがこぼれんばかりです。あごのまわりには、白い綿《わた》ひげがくるくるカールしていて、ほほえんだまっ赤《か》な口もとを、とても愛《あい》らしくかざっています。

マリーは思いきってきいてみました。

「ねえ、お父さん、もみの木のそばのかわいいお人形は、だれへのプレゼント？」

「ああ、あれかい。あれはね、おまえたちみんなのものだよ。かたいくるみをじょうずにわってくれるんだ。見ててごらん。こうするのさ」

そういうと、お父さんは、人形をそっとだきあげました。板きれのマントを上にあげると、人形の口は、くわっとひらきました。上あごと下あごのとがったまっ白な歯が見えます。

お父さんにいわれて、マリーは、人形の口にくるみをひとつおしこんでみました。お父さんは背中《せなか》のマントを下にひきます。

カチッ

見事《みごと》くるみのからはこなごなにくだけて、マリーの手には、ぽろり、おいしそうなくるみの実が落ちてきました。

「わかったわ、あなたはくるみわり一族《いちぞく》のひとだったのね」

と、マリーは歓声《かんせい》をあげました。

「マリー、すっかり気にいったようだね。じゃあ、くるみわりくんの世話《せわ》はマリーにまかせるとするか。だいじにしなさい。ルイーゼやフリッツとなかよく使うんだよ」

お父さんのことばが、終わるか終わらないかのうちにマリーは、くるみわり人形をだきしめていました。そして、さっそくくるみをわらせましたが、くるみわりさんがあまり大きな口をあけなくてもすむように、小さなくるみばかりをえらんであげました。

「マリー、あたしにもやらせてちょうだい」

ルイーゼ姉さんもそばによってきました。くるみわり人形は、いやな顔ひとつせず、こんどはルイーゼのために、くるみをわり始めました。いつもにこにことうれしそうなのは、この仕事がほんとうに好《す》きなのでしょう。

カチリ、カチリ、と楽しげな音にさそわれて、騎兵隊《きへいたい》ごっこでくたくたになったフリッツも、女の子たちのところへやってきました。

「ひゃあ、なんだい、このちびすけ。ははは、へんちくりんなやつだなあ」

なまいきなフリッツときたら、いつも、なにかひとことといわずにはいられないのです。

それでも、くるみわり人形は子どもたちの手から手へわたされて、休むまもなくくるみをわりつづけました。調子《ちょうし》にのったフリッツなんか、いつでも、いちばん大きくてかたそうなくるみを、無理《むり》やりくるみわり人形の口におしこみます。

ガリッ　ガリッ

とつぜん、人形の歯が二本かけおちました。下あごががくがくゆれています。

「いやだ、お兄ちゃん！」

マリーはびっくりして、フリッツの手から人形をひったくりました。フリッツもむきになります。

「ちぇっ。まぬけなやつだな。くるみわりのくせに、ちゃんとかむこともできないなんて、役たたずめ。マリー、こっちによこせよ、どんどんくるみをわらせるんだ。歯がぜんぶかけたってかまうもんか。こんなやつ、あごなんかこわれちまえ」

マリーは涙《なみだ》ぐんで、いいかえしました。

「ひどいわ、ひどいわ。だれがお兄ちゃんなんかに、あたしのだいじなくるみわりさんをわたすもんですか。かわいそうに、こんなにけがをして、痛《いた》かったでしょ、くるみわりさん。――だいたいお兄ちゃんは意地悪《いじわる》なのよ。自分の馬だってひっぱたくし、兵隊さんが死んでも知らん顔なんだから」

「おまえになにがわかるんだい。さあ、かえせったら。みんなのものだってお父さんがいってたじゃないか。こっちへよこせったら」

フリッツは大声でいいはります。マリーは、わっと泣《な》きだしました。でも、ぐずぐずしてはいられません。フリッツの魔《ま》の手《て》から守るため、大いそぎで自分のハンカチでくるみわり人形をつつみました。

マリーの泣《な》き声《ごえ》に、なにごとかと、お父さんお母さんがドロッセルマイアーおじさんといっしょに、こちらへやってきました。

「おやおや、マリーちゃん、くるみわり人形をひとりじめしてはいけないな」

くやしいことに、おじさんはフリッツの肩《かた》を持つのです。でもお父さんがきっぱりいってくれました。

「くるみわりくんの世話《せわ》は、マリーにまかせたはずだったな。お父さんがそういったね。どうれ、見せてごらん、けがをしているじゃないか。マリーに全権委任《ぜんけんいにん》だ。いいかね、だれも口を出しちゃいけないよ。それにしても、フリッツ、いったいどういうことなんだ。勤務《きんむ》ちゅう負傷《ふしょう》した者に勤務続行《きんむぞっこう》をめいじるとは。軍人《ぐんじん》らしからぬことだぞ。負傷兵は決して隊列《たいれつ》にくわえてはならぬ、ということぐらいおまえも知ってるはずだろう?」

フリッツは顔を赤らめ、かえすことばもなく、すごすごと軽騎兵《けいきへい》たちのところにもどりました。

　マリーはほっと胸《むね》をなでおろし、くるみわり人形のこぼれた歯をひろい集めました。そして、自分の服の白いきれいなリボンをはずすと、人形のあごに、包帯《ほうたい》がわりにまいてやりました。そして、ショックですっかり青ざめてしまったこのかわいそうな人形を、もういちどていねいにハンカチにくるむと、こんどは両腕《りょううで》のなかであかちゃんをあやすように、ゆらし始めました。

「もうだいじょうぶよ、くるみわりさん。さあ、いい子ね、いっしょにきれいな絵本を見ましょ」

　それを見ていたおじさんは大笑《おおわら》いです。

「いったい、こんなおちびさんのどこがいいんだい？　不細工《ぶさいく》でみっともない、こんなやつの、いったいどこが気にいったの？　こいつがマリーちゃんの王子さまっていうわけか、これは傑作《けっさく》だ、わっはっはっ」

　心やさしいマリーですが、これにはさすがにむっとしました。

「ひどいこといわないで！　おじさんなんか、どんなにおめかししたって、くるみわりさんにはかなわないくせに！　こんなにぴかぴか光るきれいなブーツをはいたって、ぜったい、あたしのくるみわりさんのほうがすてきですからね！」

これをきくとお父さんとお母さんは、どっと笑《わら》いだしました。でもおじさんのほうは、いっしょになって笑うわけでもなく、鼻《はな》を赤らめるばかりです。なにかわけがあるのでしょうけれど、そのときにはマリーにはちっともわかりませんでした。

ふしぎなできごと

シュタールバウム家《け》の居間《いま》は、はいるとすぐむかって左手の広い壁《かべ》ぎわに、背《せ》の高いガラス戸だながおいてあります。子どもたちは、毎年クリスマスにもらっただいじなものを、このなかにしまうのです。

お姉さんのルイーゼがまだ小さいころ、お父さんが特別注文《とくべつちゅうもん》して作らせた戸だなで、一流《いちりゅう》の家具職人《かぐしょくにん》が一点のくもりもないガラスをはめこみ、腕《うで》によりをかけて作ってくれましたから、すばらしいできばえです。どんなものでも戸だなのなかにはいっていると、ぴかぴかかがやいて見え、じかに手にとって見たときより、かえってきれいなほどでした。

マリーやフリッツの手がとどかないいちばん上のたなには、ドロッセルマイアーおじさんの傑作《けっさく》がならべられています。そのすぐ下は絵本のたなです。下のふたつのたなは、フリッツとマリーが好《す》きなように使っていいことになっていましたが、いつのまにか上の段《だん》はフリッツの騎兵《きへい》たちの宿舎《しゅくしゃ》、下の段はマリーの人形の部屋《へや》というふうに、すっかり決まっていました。

今夜もいつものように、ふたりはもらったばかりの宝物《たからもの》をしまい始めました。フリッツは腰《こし》をかがめて、騎兵たちを上のたなの兵舎《へいしゃ》にいれています。マリーはひざをつき、きれいに着かざった新しい人形を、ごじまんの〝お人形のお部屋〟に案内《あんない》しています。

「トルートちゃん、お友だちよ。悪いけど、となりをあけてちょうだいね」

ときどきキャンディーをひとつまみ、口にいれながら、

「ねえ、すてきなお部屋でしょ。うちにきてよかったでしょ、クララちゃん」

それはそれは楽しそうです。

マリーがこういうのもうなずけます。戸だなの一角をしきって作った人形の部屋は、花もようのソファやら、こぢんまりとかわいらしいいすやらテーブルやら、おまけにぴかぴか光るベッドまでそろっていて、壁《かべ》には色とりどりの壁紙がはってあるのです。

こんなすてきな部屋に住むお人形は、どんな楽しい夢《ゆめ》を見ることでしょう。

さて夜もふけてきました。ドロッセルマイアーおじさんはとっくに帰り、もうそろそろ十二時です。でも子どもたちは、ガラス戸だなのまえから動こうとしません。

「さあ、もういいかげんに、寝《ね》なくちゃだめよ、おまえたち」

お母さんの声がだんだん大きくなりました。

ようやく、フリッツはしぶしぶと、

「うん、たしかにそうだよね」

と、軽騎兵《けいきへい》たちを見やり、

「こいつらもそろそろ休ませなくちゃ。ぼくがここにいては、おちおち居眠《いねむ》りもできないものね、背《せ》すじをぴんとはってほんとうに律儀《りちぎ》なやつらだなあ」

こういって居間《いま》からひきあげていきました。しかしマリーのほうはまだひっしにくいさがっています。

「あとすこしだけ、ほんのちょっとだけ、お母さんおねがい。まだしなくちゃならないことがあるの。それが終わったらぜったいすぐ寝《ね》るから。ね、いいでしょ、お母さん？」

マリーはとてもしっかりしたいい子でしたから、ひとりで遊ばせておいても心配《しんぱい》ありませんが、新しいおもちゃに夢中《むちゅう》になって、火事でも起こしたりしてはたいへんです。用心のためお母さんは、戸だなのまわりのろうそくをぜんぶ吹《ふ》き消しました。てんじょうにたったひとつ残《のこ》ったランプから、やわらかい光があたりにひろがりました。

「マリーや、はやく寝なさいね。あしたの朝、ちゃんと起きられなくなりますからね」

こういい残して、お母さんもすがたを消しました。ひとりっきりになったマリーは、いそいで仕事にとりかかりました。どういうわけかお母さんに知られたくなくて、今までじっとしていたのです。

まず、ハンカチにくるんでずっとだきしめていたくるみわり人形を、そうっとテーブルの上におろしました。それから静《しず》かにハンカチをひらき、傷口《きずぐち》をしらべました。

くるみわり人形はあいかわらず青い顔をしていましたが、傷の痛《いた》さをがまんしながら、ありがとうマリーちゃん、とほほえんでいるようでした。マリーは思わずじーんとなりました。

「ねえ、くるみわりさん、ごめんなさいね。フリッツお兄ちゃんがあんなひどいことをして。悪気《わるぎ》があったわけじゃないの、許《ゆる》してあげて。ほら、兵隊《へいたい》ごっこをしてたでしょ、だから気があらっぽくなっただけなの。いつもは、ほんとうにいいお兄ちゃんなの。まえのように元気になるまで、あたしにあなたの看病《かんびょう》をさせてね。かけた歯もはずれた肩《かた》も、ドロッセルマイアーおじさんにたのんで、なおしてあげるわ。あのおじさんは――」

マリーはびっくりして口をつぐみました。

ドロッセルマイアーという名まえをきいたとたん、くるみわり人形の口がゆがみ、緑色の火花が目からちかちかととびちったからです。それもほんの一瞬《いっしゅん》で、すぐにまたあのもの悲しい笑顔《えがお》にもどりました。

「ああ、おどろいた。すきま風のせいなのね。ランプの火がゆらゆらゆれただけなのに、あたしったら、くるみわりさんがほんとに顔をしかめたのかと思っちゃったわ。ばかね。でもくるみわりさん、あたし、あなたのこと大好《だいす》きよ。おかしな顔をしているけど、とってもやさしそうなんだもの。ちゃんと手当てしてあげましょうね」

マリーはこう話しかけながら、くるみわり人形をだきあげ、ガラス戸だなのほうへ連《つ》れていきました。そしていちばん下の〝お人形のお部屋《へや》〟にかがんで、さっきしまったばかりの人形のクララちゃんに呼《よ》びかけました。

「おねがい、クララちゃん。けがをしたくるみわりさんにベッドを貸《か》してあげて。かわりにソファで寝《ね》てちょうだい。だって、あなたのほうは病気でもなんでもないでしょ。そんなにまっ赤《か》なほっぺをしているもの。あっちのソファだってふかふかよ」

クリスマスの晴《は》れ着《ぎ》を着てつんとおすましているクララちゃんは、関係《かんけい》ないわ、というような顔をして、ひとことも返事《へんじ》をしません。

「まあ、あきれた、いやな子ね」

と、マリーはいうなり、クララちゃんのことなどかまわずに、さっさとベッドをひきだしました。そしてくるみわりさんをそっと寝かせると、自分の服からリボンをほどいて、肩《かた》の傷口《きずぐち》から鼻《はな》のところまで、ぐるぐると包帯《ほうたい》をしてやりました。

「意地悪《いじわる》なクララちゃんなんかとおなじ部屋じゃ、心配《しんぱい》だわ」

こういってマリーは、くるみわり人形を寝かせたベッドを、一段《だん》上のたなにあげました。フリッツの騎兵隊《きへいたい》が夜営《やえい》をしている三番目のたなです。

「さあ、これで終わり」

と、マリーは戸だなのかぎをしめ、自分も寝室《しんしつ》へいこうとしました。そのとき、ちょうどそのときです。

ひそひそ、さやさや、かさこそと、小さな音が、まわりからいっせいにしのびよってきたのです。ね、耳をすましてごらんなさい。

きこえるでしょう? あなたにも。だんろのおくから、いすのかげから、そしてほら、戸だなのうしろから、かさこそ、ひそひそ、小さな響《ひび》き。

ブーン　ブーン
壁《かべ》の時計まで、うなり始めました。ボーンボーンって打つはずなのにおかしいわね、とマリーは顔をあげました。すると大きな金のふくろうが時計の上にとまり、つばさをひろげているのです。ひんまがったくちばしをこちらにむけ、ねこみたいないやらしい顔をぐっとまえにつきだしています。ブーン、ブーン、時計のうなり声はだんだんと大きくなりました。こんなふうにきこえます。
「時計よ　時計よ　時計たち
小さな　小さな　小さな声で
うたってごらん　プルプル　ポン
ねずみの王さま　きいてるぞ
プルプル　ポンポン　プルプル　ポン
王さまの好《す》きな古い歌
時を打つなら　今よ今

ねずみの王さま　あえない最期《さいご》！」

そして、そのとおり、こもった音で、ポンポンと十二回鳴りました。

マリーは気味《きみ》が悪くなりました。ドロッセルマイアーおじさんのすがたが目にはいらなかったら、逃《に》げだしていたところです。

そうです、いつのまにか、時計の上でつばさをひろげていたふくろうは、おじさんにすりかわっていたのです。おじさんまで黄色い服のすそを、つばさのように大きくひろげています。マリーはひっしの思いで時計にすがりつきました。もう、はんぶん泣《な》き声です。

「ドロッセルマイアーおじさん！　おじさんったら。そんなところでなにしてるの。すぐおりてきてよ。おどかさないで。ほんとうにいやなおじさん！」

おじさんがこたえるまもなく、四方八方《しほうはっぽう》から、どっと、ウヒヒヒヒというあざ笑《わら》い、ピーピー、ヒューヒューという口笛《くちぶえ》がわきおこりました。かさこそ、かさこそと、ひっきりなしにきこえるのは、壁のむこうで何千何百という小さな足がかけずりまわる音でしょうか。と思うやこんどは、床板《ゆかいた》のすきまから、何千何百という小さな火の玉が、ちかちか光り始めました。

「なあに、この火の玉は？」

マリーはぐるっと、部屋《へや》を見まわしました。

火の玉なんかじゃありません。床のすきまというすきま、壁《かべ》の穴《あな》という穴から、頭をもたげ、部屋におしいろうともがいている、ねずみの群《む》れの、ぴかぴか光る何千もの目だったのです。

あっと思うひまもなく、そいつらは、ちょろちょろ、ほいほい、居間《いま》の床に踊《おど》りでて、うずまきながらわがもの顔に、部屋じゅうかけずり始めました。そして、ひろがったり、かたまったりをくりかえしながら、あれよあれよというまに、ぴしっと隊列《たいれつ》をととのえました。まるでいざ戦争《せんそう》というときのフリッツの兵隊《へいたい》たちのようです。

「まあ、かわいい」

マリーはこわさもわすれて感心《かんしん》しました。女の子にはめずらしく、ねずみをけぎらいするような子ではありませんでしたから。でも、それも一瞬《いっしゅん》のこと。

キイーッ！

とつぜん、かん高い笛《ふえ》のような音がマリーの耳をつらぬきました。背中《せなか》に冷たいものがはしり、マリーは思わず胸《むね》をだきました。そのときマリーが見たものは――？

どんな機転《きてん》のきく勇《いさ》ましい男の子だって、こんなおそろしい光景《こうけい》を、ひと目でも見てごらんなさい。いちもくさんにベッドにとびこんで、毛布《もうふ》をすっぽりかぶり、がたがたふるえたことでしょう。かわいそうに、マリー！

メリメリ、バキバキ、みるみるうちに、マリーの足もとの床が音をたててもりあがってきたのです。砂《すな》やしっくいや、レンガのかけらがとびちって、噴火口《ふんかこう》のような穴がぱっくりとひらきました。

と、そこから、ぬっくり、もっこり、ねずみの頭が、ひとつ、ふたつ、三つ、四つ……ぜんぶで七つ――七つの王冠《おうかん》がろうそくの光をあやしく映《うつ》して光ります。シュー、シュー、キーキー、いやらしい声で、七ひきのねずみどもは口ぐちに鳴きわめきます。

——でも、ちょっと待って。やがて出てきたからだはなんとたったのひとつです。マリーのまえに今すがたをあらわしたのは、七つの頭を持つ怪物《かいぶつ》ねずみだったのです。七つの冠《かんむり》をつけた王さまの登場《とうじょう》に、ねずみの大軍《たいぐん》はいっせい歓呼《かんこ》でこたえました。

チュ—ッ　チュ—ッ　チュ——ッ

どよめきが三度ひびき、それを合図に、ねずみの隊列《たいれつ》は進め、進め、と、戸だなにむかって行進《こうしん》してきました。そう、マリーのほうへです。マリーは戸だなのガラス戸のまんまえで、足がすくんで動けません。心臓《しんぞう》がはや鐘《がね》のようにうち始めました。

「ああ、だれかきて。心臓がとびだして死んじゃうわ」

と思ったとたん、血の流れがとまったようにからだの力がすうっとぬけ、気が遠くなりかけて、マリーは、ふらふらとうしろによろけてしまいました。

ガシャ　ガシャ　ドシーン

ひじでガラス戸をついてしまったのです。ガラスはこなごなにとびちります。

「きゃあっ、痛《いた》いっ！」

マリーは左腕《ひだりうで》に刺《さ》すような痛みを感じました。でも、あんなにドキドキしていた心臓はきゅうに静《しず》かにおさまりました。チューチュー、ピーピーという鳴き声もきこえなくなり、あたりはまたひっそり。

「ガラスのわれる音におどろいて、ねずみたち、穴《あな》のなかにもどったんだわ、きっとそうよ」

見てたしかめたわけではありませんが、どうもそんな感じです。

おやおや、こんどはなんでしょう。マリーのうしろ、戸だなのなかがにわかにさわがしくなりました。

「起きて、起きて、戦《たたか》いよ。今夜のうちに、起きて、さあ戦争《せんそう》よ」

と、やさしい声がうながすや、それにあわせて鐘《かね》たちが愛《あい》らしい音楽をかなで始めました。

「まあ、わたしの鐘だわ」

マリーはうれしくなって、腕をおさえながら立ちあがりました。のぞいてみると、ふしぎなことに、戸だなのなかにはこうこうと明かりがともされて、人形たちが小さな腕《うで》をふりながら、いったりきたり、大わらわです。

と、そのとき、くるみわり人形が起きあがりました。毛布《もうふ》をぱっとふりはらい、ベッドからとびおりながら、大きなあごをカタカタいわせ、こんなさけびをあげています。

「カタッ、カタッ、まぬけなねずみだ、ばかなおしゃべりばかりして。ガリッ、ガリッ、ねずみのやつらめ、カリッ、ガリッ、口さきばかりのおしゃべりどもめ！」

そして小さな剣《つるぎ》をすらりとぬいて、頭上《ずじょう》にふりかざし、声高らかに呼《よ》びかけました。

「親愛《しんあい》なるしょくん、わが友とも兄弟ともひとしき家臣《かしん》たちよ。このきびしい戦《たたか》いに手を貸《か》してはくれまいか」

すぐさま熱烈《ねつれつ》な返事《へんじ》をかえしたのは、三人のほらふきピエロのスカラムーシュ、おいぼれピエロのパンタローネ、四人の煙突《えんとつ》そうじ屋、ふたりの楽士《がくし》、それに鼓手《こしゅ》がひとりというめんめんでした。

「ははあ、閣下《かっか》、わたくしどもは終生《しゅうせい》かわらぬ忠誠《ちゅうせい》を誓《ちか》いまする。生きるも死ぬも、勝つも負けるもすべて閣下とともに歩む覚悟《かくご》でございます」

「うむ。恩《おん》にきるぞ、いざ出陣《しゅつじん》！」

さけぶが早いか、くるみわり人形は、さっそうと、上のたなからはるか下までとびおりました。名乗りをあげた家来《けらい》たちも、つぎつぎあとにつづきました。

家来たちは毛織《けおり》や絹《きぬ》の衣装《いしょう》をたっぷりまとった人形たちで、おまけにからだも綿《わた》やわらくずでできていましたから、クッションみたいにどさっと落ちただけで、さいわいけがはありませんでした。

でもかんじんのくるみわり人形のほうはかわいそうに、もうすこしで腕と足の骨《ほね》を折《お》るところでした。だって考えてもみてください。床《ゆか》まで五、六十センチはあったというのに、自分のきゃしゃなからだのことも考えず、むちゃをしでかしたのですから。

ところが、そのあわやというときに、思いもかけぬ救《すく》いの手がさしのべられました。人形のクララちゃんがソファからすばやくとびだし、くるみわり人形を抜《ぬ》き身《み》の剣ごと、やわらかなその腕《うで》にうけとめたのです。

「まあ、クララちゃん。なんてやさしい子なの。ごめんなさいね。さっきはあんなひどいことをいって。ベッドだって、きっとよろこんで貸《か》してくれたのよね」

マリーは感激《かんげき》してしまいました。

クララちゃんは、若《わか》き勇士《ゆうし》くるみわり人形をやさしく胸《むね》にいだいて、こんどははっきりといいました。

「おお閣下《かっか》、こんなにひどいおけがですのに、危険《きけん》ないくさにみずからおでましになるとは。どうか思いとどまってくださいませ。あなたさまの勇敢《ゆうかん》な家臣《かしん》たちが、ほら、あのように勝利《しょうり》を信《しん》じ、集まっておりますわ。

スカラムーシュにパンタローネ、煙突《えんとつ》そうじ屋から楽士《がくし》に鼓手《こしゅ》、みな下に勢《せい》ぞろい、さらにはわたくしのたなの格言《かくげん》人形たちまでもよろいかぶとに身《み》をかため、胸の格言クッキーをうち鳴らしております。閣下、どうかわたくしのこの腕のなかでお休みくださいませ。さもなくばわたくしの羽根で飾《かざ》った帽子《ぼうし》にこしをおろして勝利《しょうり》観戦《かんせん》をなさってはいかがでございましょう」

そんなことばに耳も貸さず、くるみわり人形は、無作法《ぶさほう》にも両足をバタバタさせました。クララちゃんはしかたなく大いそぎで床《ゆか》におろしてやりました。するとくるみわり人形はうってかわったうやうやしさで床にひざまずき、感謝《かんしゃ》のことばを述《の》べました。

「かたじけない、マドモアゼル、あなたのご親切やご好意《こうい》の数かずは、いくさのさなかとてわたくし決してわすれはいたしません」

「まあ閣下、もったいないおことば。どうぞお立ちになってくださいませ。——そして、さあこれを——」

こういってクララちゃんは自分のドレスから金銀まばゆいベルトをはずすと、くるみわり人形の肩《かた》にかけてあげようとしました。ところが、くるみわり人形は、さっと二歩ほどあとずさりし、かた手《て》を胸におき、おごそかにこたえました。

「マドモアゼル、それをうけるわけにはまいりません。なぜならわたくしは——」

くるみわり人形は口ごもり、深いため息をつきました。そして肩《かた》からさっとふりほどいたものは、まえにマリーが包帯《ほうたい》がわりにまいてやったあのリボン。これにそっとくちびるをおしあてると、戦《たたか》いにのぞむ勇士《ゆうし》の印《しるし》として肩にかけ、剣《つるぎ》をふりあげるや、ひらりと床《ゆか》にとびおりました。その身《み》のこなしのすばやいこと。抜《ぬ》き身《み》の剣がきらりと光りました。

わかりますよね、みなさん。くるみわり人形は、けがをしたとき、マリーがやさしくしてくれたことを心の底《そこ》からありがたく思っていたのです。

ですから、マリーに忠誠《ちゅうせい》を誓《ちか》った以上《いじょう》、それをはずしてクララちゃんからベルトをうけることをいさぎよしとしなかったのです。誠実《せいじつ》なくるみわり人形は、まばゆいベルトには目もくれず、マリーの質素《しっそ》なリボンをよろこんで身につけたというわけです。

くるみわり人形がとびだしたとたん、ねずみたちがまたチューチュー、ピーピーさわぎ始めました。

わあっ！　テーブルの下はびっしりとものすごいねずみの大軍《たいぐん》で、足のふみ場もありません。そして、ひときわ目だつのが、あの七つ頭のいやらしい怪物《かいぶつ》ねずみ！　さあ、戦いの始まりです。

戦《たたか》い

「緊急警戒《きんきゅうけいかい》！　たいこをうち鳴らせ！」

くるみわり人形の号令《ごうれい》がとぶや、鼓手《こしゅ》は見事《みごと》なばちさばきでたいこを打ったので、戸だなのガラス戸がびりびりふるえました。それにこたえて戸だなのなかが、ぱたぱたさわがしくなりました。

フリッツの兵隊《へいたい》たちが、夜営《やえい》をしていた箱《はこ》のふたをいきおいよくはねのけて、ぴょんぴょんとびだしてきたからです。そしてつぎつぎ下の段《だん》にとびおりて、りりしいすがたを勢《せい》ぞろいさせました。

「そうだ、いいぞ、いいぞ、よおし」

くるみわり人形は、興奮《こうふん》して目をぎらぎらさせながら、あちこち走りまわっています。

「ラッパ手《しゅ》のやつめ、なにをつっ立っているんだ」

見るとおいぼれピエロのパンタローネは、勇《いさ》んで名のりをあげたはいいものの、なれない事態《じたい》におじけづき、青ざめてあごをがくがくさせているばかりです。しかし老《ろう》兵《へい》といえども、今はたいせつなわが軍の兵士《へいし》、くるみわり人形は、怒《いか》りをこらえておごそかに命令《めいれい》をくだしました。

「将軍《しょうぐん》、そなたの勇気《ゆうき》と深い経験《けいけん》を、いかすときがきた。一瞬《いっしゅん》一秒《びょう》たりともむだにはできぬ。すばやい情勢判断《じょうせいはんだん》をたのんだぞ。——騎兵隊《きへいたい》と砲兵隊《ほうへいたい》の指揮《しき》はすべてそなたにまかせる。馬になど乗らずとも、そのひょろ長い足をいかし、思うぞんぶん働《はたら》いてくれたまえ。さあ任務《にんむ》についてくれ」

パンタローネはふるい立ち、ひょろ長い指を口にあて、するどい指笛《ゆびぶえ》を鳴らしました。ピイ——ッ、何百というラッパを、いっせいに吹《ふ》き鳴らしたかのような、さえた音色がひびきわたります。

するとこんどは、戸だなのなかから馬のいななきや、ひづめで地面をける音が、きこえてくるではありませんか。よろいかぶとも勇ましい、フリッツの重騎兵《じゅうきへい》に竜騎兵《りゅうきへい》、それに、ぴかぴか光るまあたらしい軽騎兵《けいきへい》たちの登場《とうじょう》です。

兵隊《へいたい》たちは床《ゆか》の上におりてきて、連隊《れんたい》ごとに、旗《はた》をなびかせ、行進曲《こうしんきょく》に足なみそろえて、行進を始めました。そしてくるみわり人形のそばをつぎつぎにとおりすぎ、部屋《へや》いっぱい、ななめにはば広い陣形《じんけい》をしきました。その最前列《さいぜんれつ》にガラガラと、大砲《たいほう》がいくつもひきだされました。

攻撃開始《こうげきかいし》！

ドーン、ドーン、地ひびきをあげてねずみの群《む》れに撃《う》ちこまれる大砲の弾《たま》は、あら、さとうをまぶしたえんどう豆《まめ》です。

さとうをかぶってねずみどもはまっ白け、ぶざまなすがたをさらしています。なかでも大活躍《だいかつやく》しているのは、マリーのお母さんの足のせ台にすえつけられた砲台《ほうだい》です。ポンポンポーンと、あとからあとからコショウをまぶしたくるみを撃ちこみ、ねずみどもはきりきり舞《ま》い。

けれど敵《てき》は一歩もうしろへひかず、それどころか、大砲をふみこえ、ものすごいいきおいでどんどんこちらにおしよせてきます。ヒュルヒュルヒュル、ひっきりなしの大砲の音、もうもうとあがる煙《けむり》とほこり。

「ああ、なにも見えないわ。くるみわりさんは無事《ぶじ》かしら。どうしよう、どうしよう」

マリーは気が気ではありません。ほんとうにはげしい戦《たたか》いです。どちらも一進一退《いっしんいったい》をくりかえしているようです。でもねずみの群れはふくれあがるいっぽうで、ついにねずみたちは、とっておきの秘密兵器《ひみつへいき》、銀色の小さな丸薬《がんやく》を撃ちだしました。

ややっ、敵もさるもの、ねらいは見事《みごと》、砲弾《ほうだん》は戸だなのガラス戸のなかにつぎつぎにとびこみます。なかにいた人形のクララちゃんとトルートちゃんはあわてふためいて逃《に》げまどい、かわいそうに、手をすりむいてしまいました。

「花のさかりのこのわたしが、世《よ》にも美しい人形のなかの人形といわれたこのわたしが、ここで死ななきゃならないなんて、ああ！」

と、クララちゃんの金切《かなき》り声。負けずにトルートちゃんも、

「だれからもきれいだといわれてきたのに。こんなところにとじこめられて息たえる

なんて、あんまりだわ」

と、両手をあげてさけびます。

ふたりはだきあい、戦争《せんそう》さわぎに負けないほどの大声で、泣《な》きわめいています。

まあ、その合戦《かっせん》のものすごさといったら！　ヒュルヒュル、ボンボン、とびかう砲《ほう》弾《だん》、タラッタッターと、ラッパの響《ひび》き、そのあいだをぬって耳をつんざくきいきい声。王さまはじめ、ねずみ軍勢《ぐんぜい》があちらこちらと動きまわり、まったく息もつかせぬはげしさです。

「ようし、いいぞ、撃《う》て！　進め！」

くるみわり人形の力強い声がひびきわたります。てきぱき命令《めいれい》をくだし、砲火《ほうか》をあびながら、陣中《じんちゅう》をかけまわっています。

「やったぞ！」

「思い知ったか！」

くるみわり人形の陣地《じんち》の一角で、にわかに歓声《かんせい》があがりました。パンタローネが騎《き》

兵隊《へいたい》をひきいて敵陣《てきじん》へ、捨《す》て身《み》の攻撃《こうげき》をしかけたのです。

見事《みごと》に成功《せいこう》、ねずみ軍はたじたじです。いきおいにのって二度、三度、突撃《とつげき》をはたし、意気《いき》ようようとひきあげるパンタローネの一隊に、拍手《はくしゅ》かっさいがまきおこります。

フリッツの軽騎兵《けいきへい》たちも、さぞや活躍《かつやく》してるでしょうって？

ところが、まっ赤《か》な胴着《どうぎ》でしゃれこんだ、こちらの兵隊たちは、ねずみ砲兵隊《ほうへいたい》のねらい撃《う》ちにあい、いやなにおいのする砲弾《ほうだん》を撃ちこまれ、胴着にきたないしみをつけられて、がたがたにくずされ、うき足だって逃《に》げごしです。

「左にまわれ！　左へまわれ！」

これを見たパンタローネは、軽騎兵たちに号令《ごうれい》を出します。ところが調子《ちょうし》にのって、自分も左へ左へとまわりこみ、あとにつづく重騎兵《じゅうきへい》、竜騎兵《りゅうきへい》ともども、騎兵全員、左まわりで陣地《じんち》に帰ってきてしまいました。

おっと、あやうくなったのが、足のせ台のあたり。くるみわり軍のすきをつき、ねずみの群《む》れがどっと攻撃《こうげき》をかけてきます。足のせ台はあっけなくひっくりかえり、砲《ほう》台《だい》も砲兵隊も全滅《ぜんめつ》です。

「右翼部隊《うよくぶたい》！　そっちもひけ、ひけ、ひくんだ」

思いがけないなりゆきに肝《きも》をつぶしたくるみわりは、あわてて命令《めいれい》をくだします。どうみたってこれは退却《たいきゃく》です。大好《だいす》きな、くるみわりさんの軍隊《ぐんたい》が負けそうだなんて！

でも、ちょっと左翼部隊《さよくぶたい》のほうを見てごらんなさい。こちらはなかなかの戦《たたか》いぶり。まだまだ、くるみわり軍、捨てたものでもなさそうです！

はげしい撃ち合いのあいだをぬって、足音をしのばせ整理だんすの下までやってきて、機《き》をうかがっていたねずみ軍の騎兵隊が、いっせいに踊《おど》りでて、きいきい声をあげながら、くるみわり軍におそいかかります。

ところがどっこい、むかえ討《う》つ左翼部隊は、格言《かくげん》人形たちの援軍《えんぐん》です。戸だなのふちをこえるのに、少々てまどり、おくれをとりはしましたが、中国皇帝《ちゅうごくこうてい》ふたりの指揮《しき》のもと、そろりそろりと進みでて、いつのまにか四角い陣《じん》をしいていました。

庭師《にわし》に床屋《とこや》、チロル人にツングース人、ピエロにキューピット、ライオン、とら、尾長《おなが》ざるまでいるなんて、そうとうにごたまぜの部隊《ぶたい》ですけれど、おしよせるねずみの大軍《たいぐん》に一歩もひかず、なかなかの奮戦《ふんせん》です。スパルタ人のように勇敢《ゆうかん》なこの軍団《ぐんだん》は、たちまちくるみわり軍のいきおいをもりかえしました。

「がんばって、その調子《ちょうし》よ!」

マリーも思わず、こぶしをにぎりしめました。

ところがあと一歩というところで、ねずみ軍の騎兵大尉《きへいたいい》が、単身《たんしん》がむしゃらにのりこんできて、中国皇帝《ちゅうごくこうてい》の首《くび》をかじり落としてしまったのです。まきぞえをくって、ツングース人ふたりと、尾長ざる一ぴきもあわれ、討ち死《うじ》にです。

さしもの格言《かくげん》人形たちも一瞬《いっしゅん》ひるみ、いきおいにのったねずみの騎兵大尉は、さらに深くくいいって、あっというまに格言人形の戦士《せんし》たちをかたっぱしからかじりたおしてしまいました。

でも、こんな好《す》きほうだいにあばれまわって、無事《ぶじ》にすむわけはありません。たおれた人形の胴体《どうたい》をかみちぎろうとして、このはねあがり者のねずみは、のどにつかえた格言クッキーに目を白黒、あっけなく戦死《せんし》。

ああ、よかった！　でも、いったんくずれ始めたくるみわり人形の軍勢《ぐんぜい》は、もうどうにもしようがありません。兵隊《へいたい》もぼろぼろぬけ落ちて、今や、くるみわり人形はわずかな部下《ぶか》とともに、ガラス戸だなのふち、ぎりぎりのところまで追《お》いこまれてしまいました。

「予備軍《よびぐん》、まえへ！　パンタローネ、スカラムーシュ、鼓手《こしゅ》よ、どこにいる！」

新しい軍勢がガラス戸だなからくりだしてくるものと望《のぞ》みをかけて、くるみわり人形はさけびました。

たしかに、トルンの町の人形たちが、金色の顔をてらてらさせて、帽子《ぼうし》やかぶとをひっかぶり、何人もとびでてくるにはきましたが、その戦《たたか》いぶりのぶきっちょなこと！　あたりかまわず打ちかかるだけで、敵《てき》をたおすどころか、もうちょっとで総大《そうだい》将《しょう》のくるみわり人形の帽子《ぼうし》をすっとばしてしまうところでした。

「もう、じれったいわ、しっかりしてよ！」

敵《てき》の兵士《へいし》たちは機《き》をのがさず、弱兵《じゃくへい》たちにおそいかかります。両足をくいちぎられたトルンの町の人形はみな、ばたばたとひっくりかえり、まわりの人形もしょうぎだおし。

びっしり敵に包囲《ほうい》され、うしろにひこうにも、もうガラス戸だなぎりぎりで、くるみわり人形、絶体絶命《ぜったいぜつめい》の大ピンチです。

戸だなのふちをとびこえ、なかに逃《に》げこめさえすれば——ああ、でも足がちょっとみじかすぎます。クララちゃんとトルートちゃんが手を貸《か》してくれたなら——いや、ふたりとも、とうに気絶《きぜつ》しています。軽騎兵《けいきへい》は？　竜騎兵《りゅうきへい》は？　と見ると、彼《かれ》らは、はい、どうっ、と馬にむちをあて、思案《しあん》にくれるくるみわり人形をかるがるとびこえて、戸だなに退却《たいきゃく》していきます。

「そうだ、馬だ。だれか一頭、馬をもて！　ほうびに国をとらすぞ！」

と、声をはりあげたその瞬間《しゅんかん》、くるみわり人形は二ひきの敵兵《てきへい》に、木のマントをむんずとつかまれてしまいました。そこへとびだした七つ頭のねずみの王さま、勝ちほこってチューチュー、キーキー、七つののどをふりしぼります。

もうマリーもじっとしてはいられません。

「かわいそうに、くるみわりさんが！　あたしのくるみわりさんが！」

泣《な》きさけびながら無我夢中《むがむちゅう》で左足のくつをつかむと、ねずみの群《む》れのまんなかの王さまめがけて、力まかせに投げつけました。

そのとたん、すべてが煙《けむり》のように消えて、なんにも見えなくなりました。

ずきん！　左腕《ひだりうで》の痛《いた》みが頭にひびき、気が遠くなったマリーはそのままたおれてしまいました。

病気

深い眠《ねむ》りから目ざめると、マリーは自分のベッドに寝《ね》ていました。こおりついた窓《まど》からは、きらきら明るい太陽の光がさしこんでいます。

――だれかしら、ベッドのそばの男のひとは？　マリーはまぶしさといぶかしさで二度三度、目をぱちぱちさせました。

そうだ、お医者さんのベンデルシュテルン先生だわ。マリーはまもなく思いだしました。マリーのお父さんが衛生顧問官《えいせいこもんかん》というえらいお役人でしたから、ベンデルシュテルン先生も、なんどかマリーの家にきたことがあったのです。

マリーのようすに気づいた先生が、

「お目ざめのようですな」

と、お母さんに声をかけました。お母さんはベッドにからだをおしつけて、心配《しんぱい》そうにマリーの顔をのぞきこみました。

「ああ、お母さん、あのいやなねずみたち、もういない？　くるみわりさんは、助かったの？」

か細《ぼそ》い声でマリーはききます。

「まあマリーったら、なにばかなことといってるの。くるみわり人形とねずみ？　どこでどうしてそんな話になるの？　そんなことより、おまえはほんとうに悪い子だわ。みんなどんなに心配したことか。お母さんのいうことをきかないから、こんなことになるのよ。人形遊びをして、あんな夜おそくまで起きてるなんて。そのままうたた寝したときに、もしかしたらねずみが出てきてびっくりしたのかしらねえ。ねずみなんてうちにはいないはずなんだけど。まあ、なにかでひどくおどろいて、ころんでガラス戸にひじをついてしまったのね。

でも、ガラスのとげは、ベンデルシュテルルン先生にちゃあんとぬいていただいたから、もう安心《あんしん》よ。もしガラスのかけらが太い血管《けっかん》にささっていたら、腕《うで》が動かなくなったり、もっとひどければたくさん血が出て死んでいたかもしれないんですって。

でもよかったわね。夜中にふと目がさめるとおまえがいないでしょう。それで居間《いま》をのぞいてみたの。そうしたら、戸だなのすぐそばに気を失《うしな》ってたおれているんですもの、おまけに血まで流して。お母さん、ほんとうにびっくりしたわ。お母さんのほうが気絶《きぜつ》したかもしれなくってよ。

マリーだけじゃなくて、人形もたくさんまわりにちらばっていたわ。フリッツの鉛《なまり》の兵隊《へいたい》とか、ジンジャーケーキの人形とか、かわいそうに格言《かくげん》人形なんかめちゃくちゃでね。そうそう、くるみわり人形だけは、血だらけの腕《うで》でだいていたわ。それからちょっとはなれたところに、おまえのくつがかたほう、左のほうのが――」

「そうなの、お母さん」と、マリーが口をはさみました。

「お人形さんたちとねずみが戦争《せんそう》したの。ものすごい戦《たたか》いだったのよ。人形側《がわ》の指揮《しき》をとっていたのがくるみわりさんで、そのくるみわりさんを、ねずみたちが捕虜《ほりょ》にするところだったの。それでわたし、いてもたってもいられなくて、くつを投げつけてやったんだわ。それからあとは、どうなったのかしら――」

ベンデルシュテルン先生がお母さんに、そっと目くばせをしました。お母さんはうなずいて、マリーの話をやさしくさえぎりました。

「さあさあマリー、いい子だからすこしお休みなさい。ねずみはみんなどこかへいってしまったし、くるみわりさんだってすっかり元気になって、戸だなのなかで楽しそうにしてますからね」

そこへお父さんの衛生顧問官《えいせいこもんかん》がはいってきて、ベンデルシュテルン先生となにやら長い話を始めました。お父さんはマリーの脈《みゃく》をとりながら、

「傷《きず》のための熱ですかな、先生」

ときくと、先生はちょっと声を低《ひく》くしてこたえます。

「ええ、ショックでうわごともいっているようですし……」

というわけで、マリーは二、三日、ベッドに寝《ね》ていなくてはならないことになりました。おとなしく薬ものみました。でも、腕がすこしずきずきしたほかは、とくに気分が悪いわけでもなく、病気だなんてとんでもないわと思ったくらいです。

くるみわり人形が無事《ぶじ》助けだされてよかったわ、とひと安心《あんしん》し、マリーは、いいつけを守って寝《ね》ていました。でも熱《ねつ》っぽい頭をまくらにのせてうつらうつらしていると、ときどきくるみわり人形の声がきこえてくるような気がしました。はっきりとききとれる声で、でもいかにも悲しげにこういうのです。

「マリーお嬢《じょう》さま、このたびのこと、心より深く深く感謝《かんしゃ》もうしあげます。ですが、お嬢さまでなくてはできないことが、まだまだあるのです」

いったいなんのことかしら、とマリーはいろいろ考えてみましたが、さっぱり見当《けんとう》がつきませんでした。

さて、しばらくすると、起きてもいいというお許《ゆる》しはでましたが、まだ傷《きず》はちくちくします。それでいつものようにとびはねて遊ぶことはできませんでした。マリーは、本でも読もうかと、絵本をぱらぱらめくってみても、どうも目がちらちらしておかしなぐあいです。しかたなく本もあきらめました。こうなると、もうたいくつでたいくつでたまりません。

「はやく夜にならないかしら。夜になれば、お母さんがまくらもとでいろいろお話をきかせてくれるのに」

マリーは明るい窓《まど》を見てはなんどもため息をつきました。

ある晩《ばん》、ちょうどお母さんがファカルジン王子のすてきな物語を読み終わったときでした。ドアがあいて、

「ぐあいはどうかね、マリーちゃん。いちどこの目でたしかめなくちゃならんからな」

といいながら、ドロッセルマイアーおじさんがはいってきました。いつもの黄色い上着を着たおじさんを見たとたん、マリーは、くるみわり人形が、ねずみ軍《ぐん》に敗《やぶ》れたあの戦《たたか》いの夜のことをまざまざと思いだし、思わず大声を出してしまいました。

「ドロッセルマイアーおじさん、おじさんたら！　どうしてあんな意地悪《いじわる》したの？　あたしちゃあんと見たのよ。時計の上でつばさをひろげていたでしょう？　時計が鳴らないようにしてたでしょう？　時計の音でねずみをおどろかさないようにだなんて、どうしてねずみの味方《みかた》なんてするの？　おまけにねずみの王さまに話しかけたりして。

どうして、くるみわりさんやあたしを助けにきてくれなかったの、意地悪《いじわる》なおじさん。もしかして、あたしがけがをしたのも、みんなおじさんのせいなんじゃなくて？」

お母さんはびっくりぎょうてんしました。

「マリーったら、なんのこと？　どうしたっていうの？」

ところがドロッセルマイアーおじさんは、思いきり顔をしかめ、ぜんまいがうなるような声で、ぶつぶつうたい始めました。

「ふりこはうなるよ　ぶんぶんぶん
ちくたくうたっちゃ　いけないよ
時計よ　時計よ　時計のふりこ
小さくぶんぶん　こっそりぶんぶん
鐘《かね》が鳴ります　きんこん　かん
時《とき》を知らせて　かんこん　かん
逃《に》げるじゃないぞ　さあ嬢《じょう》ちゃん

大きくきんこん　鳴れ鳴れかんこん
ねずみの王さまあわてたぞ
ふくろうじいさんとんでくる
つばさをひろげて　ぱたぱたぱた
鐘の音《ね》　びんびん　ふりこはぶんぶん
ちくたくうたっちゃ　いけないよ
ぶんぶん　ぼんぼん　ぴる　ぷるる……」

マリーはあっけにとられておじさんを見つめました。おじさんて、こんなこわい顔をしていたかしら。右手をバタバタふりまわして、まるであやつり人形みたい。どうしたの、おじさん？

もしお母さんがそばにいなかったら、おじさんのあまりのかわりように、マリーはすっかりふるえあがっていたことでしょう。でも、こわいもの知らずのフリッツは大声で笑《わら》いだしました。

「あははは、やだな、おじさん、いつもふざけてばかりなんだから。まるでぼくのあやつり人形そっくりじゃないか。ずっとまえに暖炉《だんろ》に投げこんで燃《も》やしちゃったんだけどさ」

お母さんのほうは、まじめな顔でたずねました。

「判事《はんじ》さん、いったいどういうことですの。なんともわけのわからない冗談《じょうだん》ですわ」

するとおじさんは、笑《わら》いながらこたえました。

「おやおや、わたしの作った『時計屋さんの歌』を知らないとでも？　マリーのように病気で寝《ね》ている子には、いつもうたってやってるすてきな歌なんですがね」

そういうとおじさんは、すばやくベッドのそばにこしをおろし、マリーに話しかけました。

「ねずみの王さまの十四の目玉を、ひんむいてやったほうがよかったかね。ごめんごめん。なかなかそうもいかなかったのさ。でも、いいものをおみやげに持ってきたから、さあきげんをなおしておくれ」

こういって、ポケットからそうっとそうっととりだしたもの、それはくるみわり人形でした。欠《か》けた歯もがくがくしていたあごも、ちゃんともともどおりになっています。

「まあ、ありがとう、おじさん」

さっきのうたがいもこわさも、いっぺんにふっとんでしまいました。

「ほらね、マリー、ドロッセルマイアーおじさんだって、おまえのくるみわりさんが好《す》きなのよ」

と、お母さんがにこにこ笑《わら》っています。

でも、おじさんはそれをさえぎっていいました。

「だがね、くるみわり人形って、どこから見ても手足はいびつ、顔だってお世辞《せじ》にもきれいだなんていえないねえ。マリーちゃんもそれは認《みと》めるだろう？　どうしてくるみわりの一族《いちぞく》って、こんなにみんなぶかっこうなのか、わけを知ってるかい、マリーちゃん。知らなきゃ話してあげようか。それとも、もうきいたことがあるかな？　ピルリパート姫《ひめ》と魔女《まじょ》のマウゼリンクスと、時計作りの名人が出てくるあの話は？」

「ねえったら、おじさん――」

フリッツがわきからおじさんの上着のすそをひっぱって、かってにわりこんできます。

「あのさ、くるみわりのやつ、歯もすっかりいれてもらったし、あごももうふがふがしてないよね、なのにどうして剣《つるぎ》がないの？　どうして剣も持たせてやらなかったの？」

話のこしを折《お》られたおじさんは、ふうっとため息をつきながら、

「やれやれフリッツくん。きみはなんでもかんでも文句《もんく》をつけるんだね。わたしはからだをもとどおりにしてやったんだ、剣のめんどうまで見てられないよ。ほしかったらくるみわりが自分で持ってくればいいのさ」

「――そうか、そうだよね、おじさん。いちにんまえの男だったら、武器《ぶき》ぐらい自分で手にいれなきゃ！」

「で、マリー」と、おじさんがまたマリーのほうにむきなおりました。

「どうかね？　ピルリパート姫《ひめ》のお話、知ってるかい」

「ううん」マリーは首《くび》をふりました。

「ききたいわ、ドロッセルマイアーおじさん、おねがい、きかせて！」

「判事《はんじ》さん、いつもみたいなこわい話はおやめくださいましね」

と、マリーのからだのぐあいを心配《しんぱい》してお母さんがいいました。

「とんでもない、おくさん」判事さんはこたえます。

「おもしろくておもしろくてたまらない話なんですよ」

「はやく、はやく」

と、待ちきれずに子どもたちははやします。さあ、いよいよおじさんのお話の始まり始まり……。

――ピルリパート姫の母君《ははぎみ》は王さまのおくがた、つまり王妃《おうひ》さまでした。だからピルリパートも、おぎゃあと生まれたそのときから、まぎれもない、正しい血筋《ちすじ》のお姫さまでした。

お父さんの王さまは、かわいい姫君《ひめぎみ》の誕生《たんじょう》をそれはそれはよろこんで、ゆりかごに眠《ねむ》るピルリパート姫を見るなり、ひゃっほう！　とさけびました。かた足でくるくる踊《おど》りまわったり、なんどもなんどもおそばの者にこんなふうにたずねてまわったというほどさ。

「ひゃっほっほおい！　わがはいのかわいいピルリパートちゃんより美しい姫が、この世《よ》に生まれたためしがあるかね、え、どうだ？」

いならぶ大臣《だいじん》も、将軍《しょうぐん》も、長官も参謀将校《さんぼうしょうこう》たちも、王さまみたいにぴょんぴょんかた足ではねまわりながら、声をそろえてさけびました。

「いえいえ、決して、めっそうもない!」

この世《よ》に生まれたためしがあるか、なんてものじゃなく、ピルリパート姫《ひめ》の美しさといったら、このさき二度とこれほどの姫君《ひめぎみ》は生まれるまいと思われました。

肌《はだ》は白ゆり、ほおやくちびるはまっ赤《か》なばら、やわらかい絹《きぬ》の手ざわりで、ひとみはきらきらるり色にかがやき、金の巻《ま》き毛《げ》はくるくる波うち、まぶしいくらいのつややかさです。

そのうえ、ピルリパート姫は生まれたときから、小さな真珠《しんじゅ》のような歯がちゃんとはえていました。生まれてわずか二時間というときに、姫の手相《てそう》をしらべようとして、ゆりかごにかがみこんだ総理大臣《そうりだいじん》の指をかぷっとかんだぐらいですから。

「おーう、これはまあ!」

大臣はおもわずこうさけんだとさ。でもほんとうは、

「あいたっ!」

とひと声あげただけなのだというひともいて、どちらがほんとかは、おじさんにもわ

からない。

でも、ピルリパート姫が大臣の指にかぷりとかみついたことはたしかです。姫の誕生《たんじょう》にわきかえっていた国じゅうは、こんなことにもますますよろこび、

「どうだい、姫君ときたら、あんなお小さいうちから、大臣の指にかみつくくらいの元気も勇気《ゆうき》もおありだよ」

「機転《きてん》もきくし、かしこい姫さまじゃあないか」

ところが、だれもがこんなふうに有頂天《うちょうてん》になっているさいちゅうに、ひとり王妃《おうひ》さまだけはそわそわ不安《ふあん》でおちつかないふうでした。ピルリパート姫のゆりかごのすぐわきに、ふたりの子守《こも》り役の女官《にょかん》をつけ、かたときも目をはなさぬように厳重《げんじゅう》にもうしわたし、そのうえドアのところに見張《みは》りの親衛兵《しんえいへい》を立たせ、夜は夜で子守り役をもう六人ふやし、姫の眠《ねむ》る居間《いま》の壁《かべ》ぎわに、ぐるりとすわらせたのでした。

この六人の子守り役はみんなおすねこを一ぴきずつひざにだいて、一晩《ばん》じゅう背中《せなか》をなでていました。どうしてこんなおかしなことをするのか、だれもが首《くび》をひねりま

したが、そんなことはどこ吹《ふ》く風、ねこどもは一晩《ばん》じゅう、ゴロゴロのどを鳴らしていました。

さて、マリーちゃん、フリッツくん、どうしてピルリパート姫《ひめ》のお母さんが、こんなことをしたかわかるかい。おじさんは知っているんだ。今から話してあげようね。

——むかしのことです。ピルリパート姫のお父さんの王さまが、宮殿《きゅうでん》でそれはそれはりっぱな園遊会《えんゆうかい》をもよおして、となりの国やら遠くの国のそうそうたる王さまがたや、すてきな王子さまたちをおおぜい招《まね》いたことがありました。とってもはでやかな、にぎやかな一日で、御前試合《ごぜんじあい》あり、けっさくな芝居《しばい》あり、舞踏会《ぶとうかい》では大広間《おおひろま》いっぱいに、すてきなドレスの貴婦人《きふじん》たちが、ところせましと踊《おど》りまわったということです。

王さまは、金銀財宝《ざいほう》をどっさり持っていることをみなに自慢《じまん》したくって、先祖代《せんぞだい》だいの倉《くら》のなかから、かずかずの宝《たから》を持ちだして、この日にそなえました。それからいちばんのごちそうの、どんと大きなソーセージは、ぶたを殺《ころ》す日まで、宮廷《きゅうてい》づきの天文学者《もんがくしゃ》に星占《ほしうらな》いで決めてもらうという念《ねん》のいれようでした。宮廷料理長《りょうりちょう》も腕《うで》をふるい、さあ、ごちそうの手はずがととのうと、いてもたってもいられぬ王さまは、みずから馬車にとび乗って、となりの国やそのまたむこうのとなりの国の王、王子をたずねては、園遊会に招待《しょうたい》してまわったのでした。

「ほんのひとさじ、スープでも、お口にあえばさいわいです」

と、けんそんしていったのは、あっとおどろくごちそうで、みんなのどぎもをぬいてやろうという楽しいたくらみがあったからです。

そうして王さまは、おくがたさまにいいました。

「さて、お妃《きさき》よ、わしがどんなソーセージが好《す》きか、そなたはようく知っておろう」

そのとおり、王さまはソーセージに目がなくて、これはつまり、すなおにいえば、

「さてお妃よ、いつものように、とびきりうまいソーセージを園遊会のために作ってほしいな」

ということでした。

それでさっそく大蔵大臣《おおくらだいじん》は調理場《ちょうりば》へ、金のソーセージ用大なべと、銀のシチューな

べをとどけ、かまど番《ばん》たちはびゃくだんの木をかまどにぼうぼうたきつけて、王妃《おうひ》さまはダマスク織《お》りのエプロンをかけて、すっかり準備《じゅんび》がととのいました。

ぽっぽっぽっぽっぽっ、湯気《ゆげ》があがり、ソーセージスープのおいしそうなにおいが調理《ちょうり》場《ば》いっぱいたちこめて、廊下《ろうか》をつたって、枢密院《すうみついん》までながれてきます。王さまは大臣《だいじん》たちを集めて、だいじな会議《かいぎ》のまっさいちゅう。でもあんまりいいにおいがただよってくるものだから、なんども生《なま》つばをのみこんで、とうとうがまんができなくなり、

「許《ゆる》せよ、しばし！」

さけぶと調理場へとんでいって、王妃さまをぎゅっとだきしめました。

「あらまあ、王さま、なにをなさいます」

王妃さまにこたえるのももどかしく、王さまは手にした金の王笏《おうしゃく》で、王さまの印《しるし》のたいせつな杖《つえ》なのだけれどね、これをスプーンがわりに、なべをちょこっとかきまわし、

「うむ、このにおい。首尾《しゅび》はよし」

ひとりでうなずき、枢密院に帰っていきました。

さて、ソーセージ作りでもいちばんの腕《うで》の見せどころ、あぶらみをさいの目に切って、銀の焼《や》き網《あみ》であぶるというときになると、侍女《じじょ》たちは調理場から出ていきました。というのは、王妃さまは、王さまをとっても尊敬《そんけい》し、たいせつに思っていたものですから、かんじんかなめのこの仕事を、ひとにまかすわけにはいかなかったのです。ところが、あぶらみがジュージュー音をたて始めると、ささやくようなか細《ぼそ》い声がきこえてきました。

「一切れおくれ、妹よ。ごちそうおくれ、あたしにも。あたしだって王妃だよ、チュウ。一切れおくれ、あたしにも」

マウゼリンクス夫人《ふじん》の声でした。何年もまえから宮殿《きゅうでん》に住みついていて、先祖《せんぞ》をたどれば自分も王の一族《いちぞく》だとか、今はマウゾーリエン王国の王妃だなどといいはって、かまどの下に大きな宮殿を掘《ほ》りあげていたねずみです。

王妃さまは、マウゼリンクス夫人が王妃だなんて、ましてや自分の姉上だなんて認《みと》めていたわけではないけれど、とてもめぐみ深いかただったので、せっかくの晴れの

日ですもの、ちょっとくらいおすそわけしてやってもいいわね、と思い、それでこう呼《よ》びかけました。

「おいでなさいな、マウゼリンクスさん、あぶらみをめしあがってもよろしくてよ」

目にもとまらぬ早わざで、マウゼリンクス夫人《ふじん》はかまどの上へとびあがり、小さな細《ほそ》い前足で王妃《おうひ》さまの手からつぎつぎあぶらみをうけとりました。それでよしとけばよかったのに、あとからあとからマウゼリンクス夫人の親戚一同一族郎等《しんせきいちどういちぞくろうとう》、あぶらみめがけておしよせてきて、おまけに名うてのごろつきのマウゼリンクス夫人の七ひきの息子《むすこ》まで出てきたのです。王妃さまはさあびっくり、でも、とめようもありません。

運《うん》よくそこへ女官長《にょかんちょう》がやってきて、

「しっしっ、むこうへおいき、あつかましい」

と、ねずみどもを追《お》いはらってくれました。でも、あぶらみはほんのすこしになってしまったので、宮廷《きゅうてい》づきの数学者が呼《よ》びつけられ、ぜんぶのソーセージにおなじようにあぶらみをわけるために、こまかな計算を命《めい》じられました。

パラパンパーン　タララッター
たいこやラッパが鳴りひびき、招待《しょうたい》をうけた王や王子はきらびやかな盛装《せいそう》で、白い馬車やら水晶《すいしょう》の馬車に乗り、ソーセージの宴会《えんかい》に集まってきました。宴会の席《せき》はそれはそれはごうかなもので、いたれりつくせりのもてなし。王さまはもう最高の上きげん、王冠《おうかん》をかむり、王笏《おうしゃく》をにぎり、上席についてにこにこしていましたが、心のなかでは、

（まだまだ、かんじんのソーセージが出てないぞ、みんなのびっくりした顔を早く見たいものだわい）

と、思っていたのでした。

ところが、待ちに待ったはずのレバーソーセージがはこばれてくると、どうしたことか、王さまの顔色はだんだん青くなってきたではありませんか。

天をあおいで、重いため息をつき、ほっぺたさえぷるぷるふるえていました。

そして、つぎにはこばれてきた血詰《ちづ》めのソーセージには、もうそれ以上《いじょう》、自分をお

さえきれなくなったと見え、王さまは王座《おうざ》にしずんだきり、あたりかまわずすすりあげ、顔を両手でおおっておいおい泣《な》き始めました。

これはいったいなにごとかと、客たちはみなはじかれたように立ちあがり、侍医《じい》が呼《よ》ばれて王さまの脈《みゃく》をとり、かいほうをこころみました。でもいいようのない、深い悲しみに心をひきちぎられた王さまには、どうにも手のくだしようがなかったのです。

「王さま、いかがなされました」

「しっかり、お気をたしかに、王さま」

鳥の羽根の軸《じく》を焼《や》いて作った秘薬《ひやく》など、いっしょうけんめいにのませるうちに、やっと、ほんとうにやっとのことで、王さまは正気《しょうき》をとりもどし、でもまだよれよれになったまま、かすかな声でいいました。

「あぶらみが、あぶらみが――す、す、すくなすぎるのじゃ！」

これをきくと王妃《おうひ》さまは両手をあげ、ばったり王さまの足もとにひれふして、しゃくりあげ始めました。

「ああ、いとしい王さま、かわいそうなかた、そんなお苦しみにあわれて！　なにもかもわたくしが悪いのです。どんな罰《ばつ》でもうけますわ。マウゼリンクス夫人《ふじん》と七ひきの息子《むすこ》、そのうえ一族郎等《いちぞくろうとう》が、あぶらみを食べちらかしていったのです。そうして――」

あとはきこえませんでした。王妃《おうひ》さまは気を失《うしな》い、うしろにひっくりかえってしまったのです。いっぽう王さまは青すじたててはね起き、がんがんさけびだしました。

「女官長《にょかんちょう》、どういうことだ！　どこにおる」

そうして、ことのいきさつをすっかりききくと、王さまは、ソーセージにいれるはずだったあぶらみをむさぼり食《く》ってしまった、マウゼリンクス夫人とその一族に、ぜったい、あだうちをする決心《けっしん》をしました。枢密顧問官《すうみつこもんかん》が呼《よ》びだされ、検討《けんとう》に検討をかさねた結果《けっか》、マウゼリンクス夫人の全領地没収《ぜんりょうちぼっしゅう》が決まりました。

でもね、王さまはあんまりくやしいものだから、これからさきも、たいせつなたいせつなあぶらみをとられることがあっちゃいけないと、宮廷《きゅうてい》づきの時計師《とけいし》けん秘薬師《ひやくし》を呼《よ》び、ぜんぶこの問題をまかせることにしたのだよ。

この時計師は、ちょうどおじさんとおなじ名前で、クリスチャン・エーリアス・ドロッセルマイアーといったのですけれど、胸《むね》をたたいてこういいました。

「秘策《ひさく》をつくし、かならずや、マウゼリンクス夫人とその一族を、永遠《えいえん》にこの宮殿《きゅうでん》から追放《ついほう》してお見せしましょう」

時計師の胸にあったのは、いつか自分で考えだした、ほんとにちっぽけなものだけれど、おどろくほど精巧《せいこう》な機械《きかい》のことでした。それを持ちだしてくると、時計師は火にかざしたあぶらみを細《ほそ》い糸につるし、あぶらみどろぼうの住まいのまわりにしかけました。

マウゼリンクス夫人は悪がしこくて、ドロッセルマイアーのたくらみを、すぐさま見やぶり、

「気をつけるんだよ、おまえたち、近よったらさいご、いちころだからね、いいかい」

と、口をすっぱくして息子《むすこ》や家来《けらい》にいいました。でもあぶらのしたたる肉のにおいが、

それはもうひどくねずみどもの鼻《はな》をくすぐって、七ひきの息子《むすこ》をはじめ、親戚一同一《しんせきいちどういち》族郎等《ぞくろうとう》、さそわれるようにふらふらと、わなにはいっていきました。そして、舌《した》なめずりして、あぶらみに食《く》らいつこうとしたそのときに、カタンとさくがおりてきて、あわれねずみどもは、調理場《ちょうりば》にて一巻《いっかん》の終わり。

残《のこ》ったのはほんのわずかの家来《けらい》たち、そいつらをひきつれマウゼリンクス夫人《ふじん》は、この悲しみの地を去《さ》りました。足どり重く、がっくり首《くび》をたれ、でも心は復讐《ふくしゅう》の念《ねん》に燃《も》えながら。

「ばんざい、敵《てき》は退散《たいさん》したぞ!」

宮殿《きゅうでん》じゅうは大よろこび、でも王妃《おうひ》さまだけは、マウゼリンクス夫人の気質《きしつ》をのみこんでいたものですから、心配《しんぱい》で心配でなりませんでした。なにしろ息子たちと一族を殺《ころ》されて、恨《うら》みも晴らせず追《お》いはらわれたわけですから。どこでどんなしかえしをするか、わかったものではありません。

王妃さまの心配はもっともなことでした。じっさい、あるとき王妃さまが王さまに、これまた大好物《だいこうぶつ》の肺臓《はいぞう》のパテを作ってあげているときに、マウゼリンクス夫人はまたもやあらわれ、歯をむきだしていいました。

「よくもあたしの息子たちと、あたしの一族を殺してくれたね。おぼえておおき、お妃《きさき》よ。うかうかしてたらおまえのかわいい姫《ひめ》さまを、かみ殺してやるからね。注意するがいいよ、チューッ」

そして長いしっぽをひるがえし、穴《あな》にとびこんでいきました。これっきりマウゼリンクス夫人はすがたを消したわけだけれど、王妃さまはあまりのことにおののいて、肺臓パテを手からすべらせ火に落とし、またしても王さまの好物をだめにしてしまいました。さあ王さまの怒《おこ》ったこと、怒ったこと……。

「さ、今晩《こんばん》のお話はここまでさ。つづきはまたあした」

ドロッセルマイアーおじさんはこういって、話をきりあげました。

「もうおしまいなの？　もっとききたい、話して、おじさん」

マリーはおじさんの物語で、あることに思いあたったのです。でもおじさんは首《くび》をふり、

「からだにさわっちゃいけないからね、おあずけ、おあずけ、またあした」

おじさんが部屋《へや》から出ていこうとしたそのとき、フリッツがいきなりききました。

「でもさ、おじさん、ほんとなの？　おじさんがねずみ取りを発明したっていうのはさ」

「またこの子ったら、おぎょうぎの悪い」

お母さんはあわてます。でも判事《はんじ》さんはどちらともとれるような笑《わら》いをうかべ、低《ひく》い声でいいました。

「フリッツくんも知ってるだろう、おじさんが腕《うで》のたつ時計屋さんだってことくらい。だからさ、ねずみ取りを発明するんだっておやすい御用《ごよう》なのだよ」

かたいくるみの物語のつづき

「さあ、もうわかっただろう?」

つぎの晩《ばん》、おじさんは話のつづきを始めました。

「どうしてお妃《きさき》さまが、世《よ》にも美しいピルリパート姫《ひめ》の守りをあんなに厳重《げんじゅう》にかためたか。マウゼリンクス夫人《ふじん》がしかえしにきて、かわいい姫君《ひめぎみ》をかみ殺《ころ》したらたいへんだものね」

そうして、判事さんは、お話のつづきを話し始めました。

時計師《とけいし》のドロッセルマイアーがくふうをこらしたねずみ取りも、悪知恵《わるぢえ》の働《はたら》くマウゼリンクス夫人には、ぜんぜんきき目がありませんでした。そこで宮廷《きゅうてい》づきの天文学者《てんもんがくしゃ》が呼《よ》びだされ、ねずみ取りにかわる手だてを、考えだすようもうしつけられました。このひとは枢密院《すうみついん》のいちばんえらい占星術師《せんせいじゅつし》でもあったので、むずかしい星図《せいず》を描《えが》いてはまゆをよせ、いいました。

「ごろごろねこの一族《いちぞく》でしたら、あるいはマウゼリンクス夫人《ふじん》の魔《ま》の手《て》から、ゆりかごを守ることができますするやもしれませぬ」

子守《こも》り役《やく》の女官《にょかん》たちがひざにだいてたごろごろねこは、こういうわけだったんだね。これらの若《わか》いおすねこたちはみな宮廷《きゅうてい》につかえるお役人、つまり宮廷参事官《さんじかん》に任命《にんめい》され、一晩《ばん》じゅう背中《せなか》をなでてもらっては、国のだいじなお役目とばかり、のどをごろごろ鳴らしてました。

ある晩、ゆりかごのすぐそばにつきそっていた枢密女官長《すうみつにょかんちょう》のひとりが、はっと目をさましてみると、みんなぐっすり。ごろごろねこまで眠《ねむ》っています。あんまりひっそりとして、木食《きく》い虫が木をかさこそつつく音さえきこえるほど。

「知らずに眠っていたのだわ。どれどれ姫君《ひめぎみ》のごようすは」

ゆりかごをのぞいて女官長はびっくりぎょうてん。そこには大きな、いやらしいねずみが一ぴき、ぶかっこうな頭をすやすや眠る姫君の顔の真上《まうえ》にさしだしていたのです。

「あれえ――っ、だれか！」

みんないっぺんにはね起きました。でもマウゼリンクス夫人は――こんなことをするのはマウゼリンクス夫人にまちがいありません――あっというまに身《み》をひるがえし、部屋《へや》のすみめがけていちもくさん。参事官一同《いちどう》、つまりごろごろねこたちは、それっとばかりにあとを追《お》ったけれど、マウゼリンクス夫人は床板《ゆかいた》のすきまにひらりととびこみ、消えてしまいました。

ドタバタ　ゴロゴロ　フギャー　ニャーン
あまりのさわぎにピルリパート姫は目をさまし、ウェーンウェーンと泣《な》きだしました。

「よかったこと、お姫さまはご無事《ぶじ》だわ！」

ほっとしたのもつかのまのこと、姫君の声にふりむいた子守りの女官はみな、あまりのことにことばも出ませんでした。あの、こわれそうなほどに愛《あい》くるしかった姫君に、たいへんな災《わざわ》いがふりかかっていたのです。

天使《てんし》のような白い肌《はだ》も、ばらのほおも、金の巻《ま》き毛《げ》も消えうせて、ゆりかごのなかにみんなが見たのは、ぶかっこうな頭でっかち、おばけみたいなあかんぼう。みじかい手足をふるわせ、ギャーギャー泣《な》きわめいていたのです！　るり色のすんだひとみも、緑のぎょろ目になってとびだして、口なんか耳のところまで裂《さ》けています。

「なんということ！　かわいい姫《ひめ》が。ああ、もう死んでしまいたい」

王妃《おおひ》さまのはげしい悲しみようは、ひととおりのものでなく、王さまも、

「ああ、こんな悲しみが、この世《よ》にあってよいものか」

と、さけんでは、壁《かべ》に頭を打ちつけるので、おそばの者たちは王さまがけがをしてはたいへんだと、書斎《しょさい》の壁にぐるりと、綿入《わたい》れのもうせんをかけめぐらしたといいます。

こんなことならあぶらみぬきのソーセージでも、文句《もんく》をいわずに食べればよかった、マウゼリンクス夫人《ふじん》の一門《いちもん》に手を出さずにいればよかったと、ちらりと心のかたすみで、思わないわけではなかったのですが、でも、そこはそれ、一国の王というめんつ

もあって、ピルリパート姫の父君《ちちぎみ》は、すべてをひとのせいにしてしまいました。それでニュルンベルク生まれの宮廷《きゅうてい》づき時計師《とけいし》にして秘薬師《ひやくし》の、クリスチャン・エーリアス・ドロッセルマイアーを呼《よ》びつけて、いったものです。

「ドロッセルマイアーよ、みんなそなたが悪いのだ。よいか、四週間以内《いない》にじゃ、姫の美しさをとりもどせ。たしかな方法さえわかれば、それだけでもかまわぬが、もし四週間たっても手も足も出ないというならば、そなたの首《くび》をちょんぎってしまうぞ。首切り役人の斧《おの》ですっぱりとな」

ドロッセルマイアーにしてみれば、あんまりひどい話でした。でもやっとのことで気をとりなおし、自分の腕《うで》と運《うん》に望《のぞ》みをかけて、やってみるよりしかたないさと、まずとりかかったのは、ピルリパート姫のからだを分解《ぶんかい》してみることでした。指さきに細心《さいしん》の注意をこめ手足のねじをすっかりはずし、なかのしくみに目をこらし、つんつんつついてみたけれど、なんということでしょう、姫君《ひめぎみ》は大きくなるにつれ、ますますみにくくなるということがわかっただけで、それをふせぐ方法なんてどこをさがしても見つからなかったのです。

さあて、こまった。ドロッセルマイアーは、用心しいしい姫君《ひめぎみ》をもとどおりに組みたてると、ゆりかごのわきで頭をかかえてしまいました。そうそう、四週間のあいだ、姫のゆりかごから一歩もはなれてはならぬ、ともいいわたされていました。

そしてその四週間なんて、あっというまにすぎました。最後《さいご》の週の水曜日、王さまはぎんぎら怒《いか》りくるった目でやってきて、王笏《おうしゃく》をふりあげ、時計師《とけいし》につかみかからんばかりのいきおいでさけびました。

「クリスチャン・エーリアス・ドロッセルマイアーよ、姫をなおせ！　なおすのだ！　死にたくはあるまいが！」

ドロッセルマイアーは悲しくて、わんわん、おいおい泣《な》きだしました。そばではピルリパート姫がキャッキャキャッ笑《わら》って、パチンパチン、くるみをわっています。このとき時計師ドロッセルマイアーの頭にひらめくものがありました。

「そうか、姫はくるみが好物《こうぶつ》なんだ。生まれたときから歯もはえておいでであった

――」

　たしかに姫は、みにくいすがたにかえられて、しばらくのうちはびいびい泣きわめくだけでした。それがある日、たまたまくるみをもらったときに、すぐさまパチンとかみわって、なかのくるみの実を食べ、たちまちきげんをなおしました。そのとき以《い》来《らい》お守《も》りの女官《にょかん》たちは、姫をもてあましたりするときには、くるみを食べさせることにしていました。

「そうだ、魔法《まほう》をとくかぎは、きっとこれだぞ。姫君は本能《ほんのう》で感じとったんだ」

　ドロッセルマイアーは踊《おど》りあがりました。

「秘密《ひみつ》のとびらは今しめされた。たたけよ、さらばひらかれん！」

　そうしてさっそく、宮廷《きゅうてい》づき占星術師《せんせいじゅつし》に会いたいともうしでました。

　お呼《よ》びのかかった占星術師はいくえもの見張《みは》りの検問《けんもん》をとおり、やっとゆりかごの部屋《へや》につきました。

　ふたりは友だちだったのでひっしとだきあい、涙《なみだ》にくれました。

それからが、さあ、目のまわるようないそがしさ、ふたりはおくの小部屋《こべや》にひきこもり、人間の本能《ほんのう》だとか、感応力《かんのうりょく》とか反発力《はんぱつりょく》だとか、この世《よ》のありとあらゆる神秘《しんぴ》をしるした本を、山のようにつみあげて、かたっぱしからしらべ始めました。気がつくともう夜で、

「こんなことしちゃいられない。おい、きみ、ドロッセルマイアーくん、星占《ほしうらな》いを手つだってくれたまえ」

占星術師《せんせいじゅつし》はそういうと、星の観測《かんそく》にかかりました。ところがこれがひとすじなわではいかなかったのです。というのは、ピルリパート姫《ひめ》の運命線《うんめいせん》は、見れば見るほどもつれあい、からまりあって、ふくざつかいき、このうえないというのだからね。

でもやっと、やっとのことで占星術師は糸口を見つけだしました。

「やったぞ、見つけた、この線なんだ」

「ほんとかい？　よかった、これで助かった」

星占いによると、ピルリパート姫にかけられた魔法《まほう》をといて、もとの美しいすがた

をとりもどすためには、クラカツークというくるみのおいしい実を食べさえすればよい、ということでした。

クラカツークのくるみというのは、それはそれはかたいくるみで、四十八ポンド砲《ほう》の巨大《きょだい》な砲弾《ほうだん》がかすめたくらいでは、ひび一本だってはいらなかったというほどでした。

「それじゃあいったい、どうしたら、姫にその実を食べてもらえるのかね、友よ」

「まあおちつけよ、きみ、いいかね。ひとつだけ方法がある。生まれてこのかたいちどもひげをそったことがなく、いちども長ぐつをはいたことのない若者《わかもの》をさがすんだ。その若者だったらくるみがわれる。くるみをわったら目をとじて、姫君《ひめぎみ》にその実をさしだすのさ。それからそのまま七歩あとずさりして目をあけるまで、ころばずにすめば大成功《だいせいこう》、というわけなんだ」

さて夜も寝《ね》ないで知恵《ちえ》をしぼり、やっとここまでこぎつけたのは、占星術師が呼《よ》びよせられて、まる三日たった土曜日のことでした。ひと晩《ばん》あければもう日曜日、四週間という約束《やくそく》の最後《さいご》の日で、首《くび》を切られるかどうかのせとぎわでした。とるものもとりあえずドロッセルマイアーは、昼の食卓《しょくたく》についている王さまのところへとびこんでいきました。

「王さま！　王さま……見つかりましてございます。ピルリパート姫《ひめ》の美しさをとりもどす方法が！」

それをきくなり王さまは、

「ひゃっほっほお！」

ととび上がり、ドロッセルマイアーを力いっぱいだきしめて、いったものです。

「おお、でかしたぞ、よくやった。ほうびはなんなりととらせるぞ。ダイヤモンドの剣《つるぎ》がよいか、勲章《くんしょう》四つ、晴れ着を二着、なんでも思いのままにな」

そしてよろこびにせきこんで、

「食事がすんだらすぐにでも、仕事にとりかかってもらおうか。御苦労《ごくろう》だが時計師《とけいし》よ。いちどもひげをそったことがなく、いちども長ぐつをはいたことがない若者《わかもの》をさっそくここへ連《つ》れてこよ。クラカツークのくるみもわすれるな。ただしすっかりことがすむまでは、ワインはおあずけじゃ。ざりがにのように七歩あとずさりするときに、ふらついてころんだりしたらことだからな。なあに、終わればあびるほど飲ませてやるぞ、わっはっは」

すぐに連れてこいですと！　早とちりの王さまに、ドロッセルマイアーは大あわて、おそるおそるもうしあげました。

「王さま、それが、……これからさがすのでございます。ええ、クラカツークのくるみも若者も。さがせばいいというところまではわかったのですが、どこをさがせばいいのかというのが、それが、その——」

上きげんだった王さまは、たちまちひたいに青すじたてて、かみの毛をさかだてて王笏《おうしゃく》をふりあげ、ライオンみたいな声でどなりだします。

「許《ゆる》せぬ！　やはり打《う》ち首《くび》じゃ！」

さあ、ドロッセルマイアーは、こうしてふたたび、まっさかさまに地獄《じごく》の底《そこ》に落とされてしまいました。でも運《うん》のよいことに、ちょうどその日の昼食《ちゅうしょく》は王さまの好物《こうぶつ》ばかり、それをたらふく食べたあとだったので、王さまはぷりぷりどなりちらしながら、ときどき、おなかをさすってはこんなことを考えてもいたのです。

「えいくそ、ドロッセルマイアーの、うい、ひっく。役たたずめが、げっぷ、きょうのお昼はおいしかったぞ。まったく王妃《おうひ》の料理の腕《うで》は、王国一じゃ、世界一じゃ」

ですから、心のやさしい王妃さまが、王さまにすがってこうおねがいしたときに、すなおにきく気になったのでした。

「あなた、そんなむちゃくちゃな！　ドロッセルマイアーを許《ゆる》してあげて。この者になんの罪《つみ》がありましょう。おふれでもなんでも出して、その若者《わかもの》をさがせばよいじゃありませんの」

ドロッセルマイアーもおそるおそる顔をあげて、王さまにこうもうしあげました。

「そもそもわたくしがいいつかりましたのは、姫《ひめ》さまをお助けもうす方法をもうし述《の》べよということで、三日三晩《ばん》の苦労《くろう》のあげく、やっとここまでわかったというのに、やっぱり打《う》ち首《くび》とはあんまりな――」

「だまれだまれ、言いわけは許さぬぞ」

王さまはもういちど髪《かみ》をさかだてました。でも胃薬《いぐすり》をコップ一杯《ぱい》ごくんとのむとやっとおちつきをとりもどし、時計師《とけいし》と占星術師《せんせいじゅつし》にこうもうしわたしました。

「ううむ、よろしい、命《いのち》だけは助けてつかわす。そちら両人、ただちに旅だて。クラカツークのくるみを見つけるまでは、帰ってくることはまかりならぬぞ」

そうして、そのくるみをかみくだく若者のほうは、王妃さまのおことばどおり、国の内外の新聞、雑誌《ざっし》になんども広告《こうこく》を出して、つのることになりました――。

今晩《こんばん》のお話はここまででした。あすの晩、つづきを話してあげるからねといって、判事《はんじ》さんは帰っていきました。

かたいくるみの物語のむすび

つぎの晩《ばん》、家いえの明かりがともるころに、ドロッセルマイアーおじさんは、またマリーのうちへやってきました。

「さてね、ドロッセルマイアーと宮廷《きゅうてい》づきの占星術師《せんせいじゅつし》は、十五年間も旅をした。世界じゅうの町をめぐり、ふしぎな体験《たいけん》もいっぱいした――それを話しだせば四週間もかかるほどのね――、けれど、クラカツークのくるみの手がかりは、さっぱりつかめなかったのだよ。そうしてね――」

――ドロッセルマイアーはすっかり気落ちしてしまい、そうなると、故郷《こきょう》のニュルンベルクがなつかしくてたまらなくなりました。アジアの大森林《だいしんりん》のまんなかで、占星術師とこしをおろし、パイプをふかしてひと休みしていたとき、この気持ちはとりわけつのり、こんなふうに、ふしをつけてうたってみました。

「ああ　ニュルンベルクよ　ニュルンベルク

美しい町　わが祖国《そこく》
ロンドンだって　パリだって
とてもおまえにゃかなうまい
ニュルンベルクよ　ニュルンベルク
明るい窓《まど》もつ町なみよ――」

その声があんまり悲しそうだったので、占星術師まですっかり悲しい気持ちになり、手ばなしでおんおん泣《な》き始めました。アジアじゅうにひびくほどの泣き声でした。泣いて泣いて、やっと気のおさまった占星術師は、涙《なみだ》をふくとこういいました。

「ところできみ、どうしてわれわれは、こんなところで大声をあげて泣いていなくちゃいけないんだ？　ニュルンベルクへ帰ったっていいじゃないか。あのいまいましいクラカツークのくるみを、どこでどうやって見つけたって、おなじことじゃないかね？」

「なるほど、きみのいうとおり！」

この思いつきでふたりはきゅうに元気になりました。さっそくふたりは立ちあがり、パイプの灰《はい》をトン、と落とすと、ただちにその暗い森を出て、ニュルンベルクへ、ニュルンベルクへと、わき目もふらず、ひたすら足をはこびました。

ニュルンベルクの町には、ドロッセルマイアーのいとこが住んでいます。クリストフ・ツァハリス・ドロッセルマイアーという名の人形細工師《ざいくし》で、ぬりもの、めっきもこなすという、なかなか腕《うで》のたつ職人《しょくにん》さんでした。もう何年も会っていなかったので、ニュルンベルクに帰ったついでにひと目あいたくて、ドロッセルマイアーはちょっと立ちよってみることにしました。

人形細工師のドロッセルマイアーは、時計師《とけいし》のドロッセルマイアーの冒険談《ぼうけんだん》、ピルリパート姫《ひめ》やマウゼリンクス夫人《ふじん》のこと、クラカツークのくるみの話をいちぶしじゅうききながら、

「そりゃあまあ、なんと。……ほほう……なんてふしぎなこったあね！」

なんどもなんども手をたたき、しんそこおどろいたというふうに声をあげました。

「わかってくれるかい、クリストフ。なつめやし王の国では二年もさがしまわったよ。アーモンド侯爵《こうしゃく》には夜討《ようう》ちをかけられ、命《いのち》からがら逃《に》げだした。りす族《ぞく》の皇室《こうしつ》自然《しぜん》科《か》学協会《がくきょうかい》に、問い合わせの手紙も出してみた。でも、クラカツークのくるみの手がかりは、ほんのひとかけらだってなかったのさ」

クリストフ・ツァハリスは、興奮《こうふん》をおさえかね、指をぱちぱちはじいたり、かた足でつんつんはねまわってみたり、舌《した》をチョッチョッと鳴らしてみたりしてました。やがてこらえきれなくなって、

「ふーむ、やーあ、おいおい、こりゃまた！」

帽子《ぼうし》もかつらもほっぽりあげ、いとこのドロッセルマイアーの首《くび》ったまにかじりつくと、

「おいおい、助かったぞ。助かったんだよ、きょうだい、ほんとうさ！　だってわしのところに、そのクラカツークのくるみはあるんだもの」

こういうがはやいか、彼《かれ》はひとつの箱《はこ》を持ってきて、なかから金めっきをほどこし

た、中ぐらいの大きさのくるみをひとつ、とりだしました。

「ね、いいかい。このくるみにはこんなわけがあるんだよ。

何年もまえのクリスマスのときのことだった。ひとりのよそものが、ふくろいっぱいのくるみをかついでやってきた。クリスマスの市《いち》で売ろうと思ったんだね。ところがこの町のくるみ売りたちはそれが気にくわなかったものだから、わしが人形をならべていた店のまんまえで、そいつにけんかをふっかけた。

『なにをっ』と腕《うで》まくりしたよそものは、ふくろをおろして身《み》がまえた。そこへとおりかかったのが山のような荷物をつんだ荷車さ、あっというまにふくろをけちらし、せっかくのくるみはこなごなだ。たったひとつを残《のこ》してね。

その最後《さいご》のひとつを、このわしが二十ペニーで買ったんだ。ぴっかぴかの一七二〇年銀貨《ぎんか》で、おあつらえむきに、ちょうどポケットのなかにその銀貨があったんでね。やつめ、なんだか気になる笑《わら》いかたをしてたっけ。

それからわしは、買ったくるみに金めっきをほどこした。でもほんとうは自分でも、よくわからなかったんだよ。どうしてくるみなんかに、そんな大金をはたいたのか、どうして金めっきなんかする気になったのか、はね」

うたがいもなく、これぞまさしく、さがしもとめていたクラカツークのくるみでした。そこへ呼《よ》ばれてやってきた宮廷《きゅうてい》づきの占星術師《せんせいじゅつし》が、金めっきをきれいにぬぐうと、あらわれてきたのは中国の文字で、これはクラカツークのくるみなりと、はっきりしるしてありました。

ふたりは、もう有頂天《うちょうてん》、手をとりあってよろこんで、ドロッセルマイアーはいとこにむかっていいました。

「すごいぞ、ばんざい、きみも幸運《こううん》をつかんだぞ。くるみを見つけたごほうびに、年《ねん》金《きん》どっさりと、金めっき用の金が、しこたま手にはいるぞ、いとこのクリストフよ」

「ほんとうかい？　そりゃ、ねがってもない」

三人は手をつなぎ、輪《わ》になって踊《おど》りだしました。

さて、その晩《ばん》のこと、時計師《とけいし》と占星術師はもう寝《ね》ようと、ナイトキャップまでかぶっていましたが、占星術師《せんせいじゅつし》がとつぜんこんなことを話しだしました。

「なあ、おい、友よ、運《うん》がよかったのはくるみだけじゃないぞ。もうひとつ見つけたものがあるじゃないか。くるみをかみわって、王女の美しさをとりもどしてくれる若《わか》者《もの》さ。あんたのいとこの息子《むすこ》のことだよ、いやいや寝《ね》ちゃおられんぞ」

占星術師は夢中《むちゅう》になってつづけました。

「こんな晩《ばん》こそ、あの若者の運を星占《ほしうらな》いでうらなってみなくっちゃ」

ナイトキャップもむしりとって、さっそく星の観測《かんそく》を始めました。

いとこの息子というのは、じっさい、気だてのよさそうな、すなおに育った若者で、いちども長ぐつをはいたことがありませんでした。小さいころには、クリスマスのだしものであやつり人形になったこともあったけれど、そんなこと、今ではだれも気がつかないくらい、お父さんはこの息子を心をこめて育てあげていたのでした。

クリスマスの日には、この息子は、金のししゅうもあでやかなまっ赤《か》な上着を着、剣《つるぎ》をさげ、帽子《ぼうし》をこわきにかかえ、おさげをまとめて、かつらまでつけて、見事《みごと》に身《み》なりをととのえていました。そして父親の店のまえに立ち、もちまえの騎士道精神《きしどうせいしん》で、若い娘《むすめ》たちのために、くるみをわってやっていました。娘たちはみんな彼《かれ》のことを、「かわいい、くるみわりさん」と呼《よ》んでいたということです。

占星術師はひと晩じゅう、星占いにかかりっきりでしたが、あくる朝、時計師《とけいし》が起きていくと、いきなり首《くび》ったまにとびついて、

「あの子だよ、やっぱりそうさ、見つけたぞ！　でもね、きみ、ふたつ、気をつけなくちゃならないことがある。

まずだいいちに、きみのりっぱなおいごさんに、がんじょうな木のおさげをつけてやって、下あごとおさげをしっかりむすびつけ、おさげをひけばあごがかたくひきしめられるように、あんばいしてやるんだ。

それから宮殿《きゅうでん》についても、クラカツークのくるみをかみわる若者もいっしょに見つけてきたことは、用心深く秘密《ひみつ》にしておくのさ。おいごさんは、ずっとあとから名のりでるようにするんだよ。

星占《ほしうらな》いによるとだな、まず何人かが名のりをあげる。われこそはクラカツークのくるみをかみわって、姫君《ひめぎみ》の美しさをとりもどしてお見せします、とね。ところがどいつもうまくはたせず、歯をぼろぼろにくだいては、すごすごひきさがるばかりなんだ。そこで、いいかい、王さまがおふれを出す。

――このくるみを見事《みごと》かみわって、姫の美しさをとりもどした者を、姫のむこにむかえ、王国一円《いちえん》をゆずりわたす――とね」

息子《むすこ》に約束《やくそく》されたこのかがやかしい運命《うんめい》に、いとこの人形細工師《ざいくし》は、とびあがってよろこんで、ふたりに息子をあずけることにしました。ドロッセルマイアーが若者《わかもの》にとりつけた木のおさげは、とても調子《ちょうし》よく働《はたら》いて、ものすごくかたい桃《もも》の種《たね》でためしてみたら、見事にわれてまっぷたつ。

ふたりはさっそく宮殿《きゅうでん》に、念願《ねんがん》のくるみを見つけたことを知らせにやりました。すぐさまおふれが出されたので、ふたりが宮殿についたころにはもう、歯のがんじょうさに自信《じしん》を持つ、りっぱな若者たちが、つぎからつぎへつめかけていました。王子の身分を持つ者も、まじっていたという話だよ。

ふたりの使節《しせつ》は、ピルリパート姫にしばらくぶりにお目にかかり、肝《きも》をつぶしてしまいました。ちっぽけなからだに、ちぢんだ手足は、ぶかっこうな頭をささえるのがやっと、というところ。顔ときたら、くちびるのまわりにも、あごのまわりにも、白い綿毛《わたげ》みたいなひげがびっしり、そのみにくいことといったらありませんでした。占《せん》星術師《せいじゅつし》がむかし星占いで予言《よげん》した、まったくそのとおりになっていたというわけです。

「生まれてからいちどもひげをそったことがなく、生まれてからいちども長ぐつをはいたことのない若者――」

王さまの出したおふれがこんなふうだったから、集まってきたのは、みないい若者だったけれど、ひとり残《のこ》らずまだひげもはえず、みじかいくつをはいた若者たちでした。その若者たちがつぎからつぎへ王さまのまえに進んでくるみに挑戦《ちょうせん》し、歯もあごもがたがたになっては、はんぶん気を失《うしな》って、ひかえていた歯医者たちにかつぎだされていくばかり。

だれもがため息をつきました。

「ふうっ。なんてかたいくるみだろう！」

ほんとうにこれで、姫《ひめ》にかけられた魔法《まほう》がとけるのか、王さまは不安《ふあん》になってしまい、こんなおふれを国じゅうに出しました。

「クラカツークのくるみを見事《みごと》かみわった者に、姫と王国とをあたえよう」

そこではじめてドロッセルマイアー少年が、わたしに機会《きかい》をおあたえくださいと名のりでたというわけさ。

このやさしげな少年を、ピルリパート姫はひと目で気にいり、小さな手を胸《むね》であわせ、せつなそうにため息をつきました。

「ああ、このひとがいちばんすてきだわ。どうかクラカツークのくるみをかみわって、わたしの花むこになってちょうだい」

ドロッセルマイアー少年は、王さまと王妃《おうひ》さまと、それからもちろんピルリパート姫にも、ふかぶかと礼儀正《れいぎただ》しくおじぎをし、儀式《ぎしき》をとりしきっている式部長《しきぶちょう》の手から問題のくるみをうけとりました。そして、すぐさまそれを口にはさむと、木のおさげをぐいっとひきました。

――パチン！

くるみのからはこなごなにくだけ、なかからくるみの実がころり。その実をていねいにぬぐい、表面のかすをきれいにふきとって、

「おそれながら、お姫さま。これが、お待ちになっていたくるみです。どうぞおめしあがりくださいませ」

右足を大きくうしろにひき、うやうやしくおじぎをしながら、ドロッセルマイアー少年はくるみを姫に手わたしました。そして目をとじ、一歩、二歩、と大またであとずさりを始めました。

姫はすぐさまくるみの実をのみこみました。すると、――あらら、ふしぎ、みにくかったすがたはみるみる消えて、天使《てんし》のような、絵のように美しい姫君《ひめぎみ》がそこにあらわれました。ゆりのような白い肌《はだ》、まっ赤《か》なばらのくちびるに、ひとみはきらきらきらる

り色、ふさふさしたまき毛は、波うつ金の糸のようです。

「ばんざーい、ばんざーい、お姫《ひめ》さま、ばんざーい」

パラパンパーン　タラララッター

ラッパやたいこがひびきます。王さまはもちろん、宮廷《きゅうてい》じゅうがひとり残《のこ》らず、よろこびのあまりかた足でくるくる踊《おど》りだし、ピルリパート姫が生まれたとき以来《いらい》の大さわぎ。王妃《おうひ》さまはうれしさにぼうっとなって気を失《うしな》い、おつきの者は大あわてでオーデコロンをさがしまわるしまつ。

ドロッセルマイアー少年は、この大さわぎにすっかりうろたえてしまいました。でもようやく気をとりなおし、うしろむきの最後《さいご》の七歩目を床《ゆか》におろそうとしたときでした。

チュウッ　キイーッ

にくにくしげなさけび声をあげて床板《ゆかいた》からとびだしてきたのは、あのマウゼリンクス夫人《ふじん》。ドロッセルマイアー少年はうっかり夫人をふみつけて、よろめき、ころびそうになりました。

おお、なんて運《うん》の悪いこと！　見るまに若者《わかもの》のからだはピルリパート姫のさっきまでのすがたのように、みにくくかわってしまいました。手足も胴《どう》もずんずんちぢんで、ぶかっこうな頭をささえるのがやっと。とびでた目玉に、ぱっくりさけた口。きれいに編《あ》んだおさげのかわりに、細長《ほそなが》い木づくりのマントが背中《せなか》にたれさがっていて、それをひっぱるとカタンカタンと、下あごがこっけいな音をたてました。

このありさまを見た時計師《とけいし》のドロッセルマイアーと宮廷づきの占星術師《せんせいじゅつし》は、さあ、びっくり。おどろき、青ざめ、大あわて。

さて、マウゼリンクス夫人は血まみれになって、床をころげまわってました。ドロッセルマイアー少年のとがったくつのかかとで、のどもとをぐいとふみつけられ、夫人はもう虫の息でした、死の苦しみのまっただなかから、夫人は、最期《さいご》のきいきい声をふりしぼり、

「きい――っ！　クラカツークのかたいくるみめ、おまえのせいで死ななきゃならな

い。ひいひい、ぴいぴい、ちびのくるみわりめ、おまえも呪《のろ》い殺《ころ》してやるよ。七つの王冠《おうかん》をいただくあたしのかわいい息子《むすこ》が、たっぷりお礼をしてやるよ。あたしのうらみをきっと晴らしてくれるだろうよ。——ああ、まっ赤《か》にわきたつ命《いのち》とも、これでおわかれ、きい——っ！」

耳をつんざく悲鳴《ひめい》を残《のこ》し、マウゼリンクス夫人《ふじん》は息たえました。宮廷《きゅうてい》のかまど番が、その死がいをどこかにはこんでいきました。

こんななりゆきも知らないで、王さまはじめ宮廷じゅうのひとびとは、うかれさわいでおりました。ドロッセルマイアー少年のことなんかそっちのけ。

「お父さま、あの若者《わかもの》は？　わたしの花むこさんはどこ？」

姫《ひめ》にいわれて王さまは、はたと約束《やくそく》を思いだし、手がらをたてた若者を、ここへ連《つ》れてくるように命《めい》じました。もちろん姫も王さまも、あのやさしげなすがたのドロッセルマイアー少年が進みでてくるものと思っていました。

みにくくかわった若者を見て、ピルリパート姫は両手で顔をおおい、さけび声をあげました。

「いやだわ、いやよ。あっちへいって。こんなみっともないくるみわり人形なんて！」

そこで式部官《しきぶかん》は若者のちっぽけな肩《かた》をつかんで、お城《しろ》の門からたたきだしてしまいました。

「あんなくだらんくるみわりごときが、わしのかわいいピルリパートの花むこだと？冗談《じょうだん》じゃない」

王さまだってかんかんでした。

「なにもかも、ふらちな時計師《とけいし》と占星術師《せんせいじゅつし》の責任《せきにん》じゃ。もうがまんならん、ふたりとも二度とこの城の門をとおることは許《ゆる》さぬぞ」

こんなことになるとは、宮廷づきの占星術師がニュルンベルクでうらなった星占《ほしうらな》いでは、うかがい知れないことでした。それで、占星術師はまた星図《せいず》と首《くび》っぴきで、星の観測《かんそく》を始めました。ドロッセルマイアー少年に、このさき運《うん》がひらかれるかどうか、あんなみにくいすがたでも王子さま、王さまになれるかどうか、うらなってみようとして。

「どうかね、友よ、わがおいっ子《こ》の運命《うんめい》は」

気のりのしない声で、時計師《とけいし》はこうきくと、占星術師《せんせいじゅつし》はこたえました。

「ふうむ、うらないによるとだな——マウゼリンクス夫人《ふじん》の七ひきの息子《むすこ》が死んだあと、七つの頭を持つねずみの王が生まれとる。そいつをきみのおいごさんが、見事《みごと》その手で討《う》ちとって、それからまたある貴婦人《きふじん》が、くるみわりのみにくいすがたもいとわずに、思いをよせてくれたときに、はじめてもとのすがたをとりもどし、美しい若《わか》者《もの》にかえれるだろうと出ておるぞ」

さて、たよりない占星術師のいうことだから、どこまでほんとかわかりません。

でもそののち、クリスマスの季節に、ニュルンベルクのお父さんの店で、このドロッセルマイアー少年を見たひとがいるけれど、まるでほんとうの王子さまのようだったといううわさです。もちろん、すがたかたちは、今もくるみわり人形のままだけれどね。

「――さあ、これで、かたいくるみの物語はおしまいだよ。フリッツもマリーも、よくわかったろう。おとなたちが、むずかしい問題に頭をかかえたときに、なんてかたいくるみだろうってよくいうね。それがどういう意味《いみ》なのか、それから、くるみわり人形が、なぜこんなにぶかっこうなのかもね」

判事《はんじ》さんのお話はこれで終わりでした。

「ピルリパート姫《ひめ》って、ほんとうに意地悪《いじわる》な、思いやりのないお姫さまだわ」

マリーは憤慨《ふんがい》していいました。するとフリッツは口をとがらせていいかえしました。

「だいたいさあ、くるみわり人形が、勇者《ゆうしゃ》になりたいと思ったら、さっさとねずみの王さまをやっつければいいんだよ。そうすればむかしどおりの、りっぱなすがたにもどれるのにさ」

おじさんとおい

今、この本を読んでいるあなた、読んできかせてもらっている小さなきみ、みなさんのなかに、ガラスでうっかり手を切ったことのあるひとはいませんか。そんなおぼえのあるひとは、そうした傷《きず》がどんなに痛《いた》くて、なおりの悪い、やっかいなものか、よく知っているでしょう。

マリーも、まる一週間ちかく、ベッドにおとなしくしていなければなりませんでした。立ちあがろうとすると、くらくらめまいがするのです。

やっと元気になって、ぴょんぴょん居間《いま》じゅうはねまわれるくらいになると、まっさきにマリーはガラス戸だなを見にいきました。戸だなには、新しいぴかぴかの木や花や家や、美しいぜいたくな人形がならんで、すっかりきれいにかたづいています。なかでもマリーがうれしかったのは、だいじなくるみわり人形が、ちゃんと二番目のたなにならんでいたことです。マリーのお気にいりさんは、すっかりなおった白い歯を見せて、にこにこ笑《わら》っていました。

マリーはとってもうれしくなって、くるみわり人形を目を細《ほそ》めてながめているうち、きゅうに、不安《ふあん》で不安でたまらなくなりました。ドロッセルマイアーおじさんの話が――くるみわり人形の物語や、マウゼリンクス夫人《ふじん》やその息子《むすこ》との戦《たたか》いの話が、ありありと心によみがえってきたのです。

「くるみわりさん、あたしはちゃんと知ってるわ。あなたはニュルンベルク生まれのドロッセルマイアーさんだわね。ほんとうはドロッセルマイアーおじさんのおいなのに、マウゼリンクス夫人の魔法《まほう》でこんな目にあっているんでしょ？　だってピルリパート姫《ひめ》のお父さんの宮廷《きゅうてい》の、おかかえの時計師《とけいし》っていうのは、判事《はんじ》さんのドロッセルマイアーおじさんのことだもの」

自分の見た、あの戦いが、くるみわり人形の国の領土《りょうど》と王冠《おうかん》をかけた戦いだったということも、うたがいようのないことに思えてきました。

「でも、そうしたら、なぜ、おじさんはあなたを助けてくれなかったのかしら。なぜかしら」

それがマリーにはふしぎでした。

「ほかの人形たちは、あなたの家来《けらい》だったんじゃなくて？　宮廷《きゅうてい》おかかえの占星術師《せんせいじゅつし》が予言《よげん》したとおり、あなたは人形の国の王さまになっていたんじゃないのかしら？」

かしこいマリーは、あれこれ順序《じゅんじょ》だてて考えてみました。自分が信《しん》じてあげさえすれば、くるみわり人形も家来の人形たちも、たちどころに息をふきかえし、いきいきと動きまわるにちがいない、マリーにはそうとしか思えません。

でもやっぱりそんな奇跡《きせき》は起こらずに、戸だなにならんだ人形たちはあいかわらずひっそりと、おちつきはらって動きません。でもマリーはあきらめず、ひそかにこう思うのでした。

「これはきっと、マウゼリンクス夫人《ふじん》と、七つの頭を持つネズミの王の呪《のろ》いにしばられているせいね、きっとそうだわ――でも、あたしね」

と、マリーは声をあげて呼《よ》びかけました。

「あなたが一歩も動けなくっても、ひとことも口がきけなくっても、ねえ、ドロッセルマイアーさん、あなたはあたしのこと、わかるわよね。あたしはあなたが好《す》きだもの、いつでも助けてあげるわ。おじさんにもたのんであげる。あんなに器用《きよう》なひとだもの、きっとあなたを救《すく》ってくれるわ」

くるみわり人形は、やっぱり、身動《みうご》きひとつしませんでした。でもガラス戸だなのなかから、小さなため息が、そっともれたような気がしました。そのため息はガラスをゆらし、ガラスはチリリン、チリリンと、すんだ鐘《かね》の音のようなひびきをたて、こんなふうにうたっているかにきこえました。

「ちいさなマリー　チリリン　チリリン
守ってください　チリリン　チリリン
天使《てんし》のような　かわいいマリー……」

マリーは、あまりのふしぎさに、背《せ》すじがぞくっとしましたが、こんなふうにいわれれば、ほこらしい、うれしい気持ちもしたのです。

夕方になると、お父さんがお役所から帰ってきました。ドロッセルマイアーおじさんもいっしょです。よく気のつくルイーゼは、いそいそお茶の用意をし、みんなはテーブルのまわりにこしをおろし、楽しいおしゃべりが始まりました。マリーも小さな安楽《あんらく》いすをはこんできて、ちょこんとこしかけ、ドロッセルマイアーおじさんを見あげて、おとなしくしていました。

ちょうどみんなの話がいちだんらくしたとき、マリーは、大きな青い目をまっすぐ判事《はんじ》さんにむけて、話しだしました。

「あたし知ってるわ、ねえ、ドロッセルマイアーおじさん。あたしのくるみわり人形は、おじさんのおいなんでしょ、ニュルンベルク生まれの若《わか》いドロッセルマイアーさんなんでしょう？　王子にだって、王さまにだってなれるのよね、占星術師《せんせいじゅつし》のおじさんが星占《ほしうらな》いで予言《よげん》したとおりにね。

でも今は、くるみわりさん、マウゼリンクス夫人《ふじん》の息子《むすこ》の、あのいやらしいねずみの王さまと、苦しい戦《たたか》いのさいちゅうなんだわ。どうして助けてあげないの？」

そしてマリーは、自分の目で見たはげしい戦《たたか》いのいちぶしじゅうを、もういちど話し始めました。

「うふふ、マリーったらおかしな子。まだあんなことといっているわ、お母さん」

「そんなふうにいっちゃ、かわいそうよ、ルイーゼ。でもほんとうに、愉快《ゆかい》なおとぎ話《ばなし》だこと」

お母さんはルイーゼをたしなめながらも、いっしょになって笑《わら》います。まじめにきいているのは、フリッツと、ドロッセルマイアーおじさんだけでした。お父さんまでが、

「いったいこんなとっぴょうしもない話を、どこから考えつくのかね」

なんていうのです。

「空想《くうそう》ぐせがついたのね」と、お母さんがこたえます。

「夢《ゆめ》が頭にやきついてしまったんだわ、ずいぶんひどい熱《ねつ》だったから」

「マリーのいうことは、うそばっかりさ」フリッツが口をはさみました。

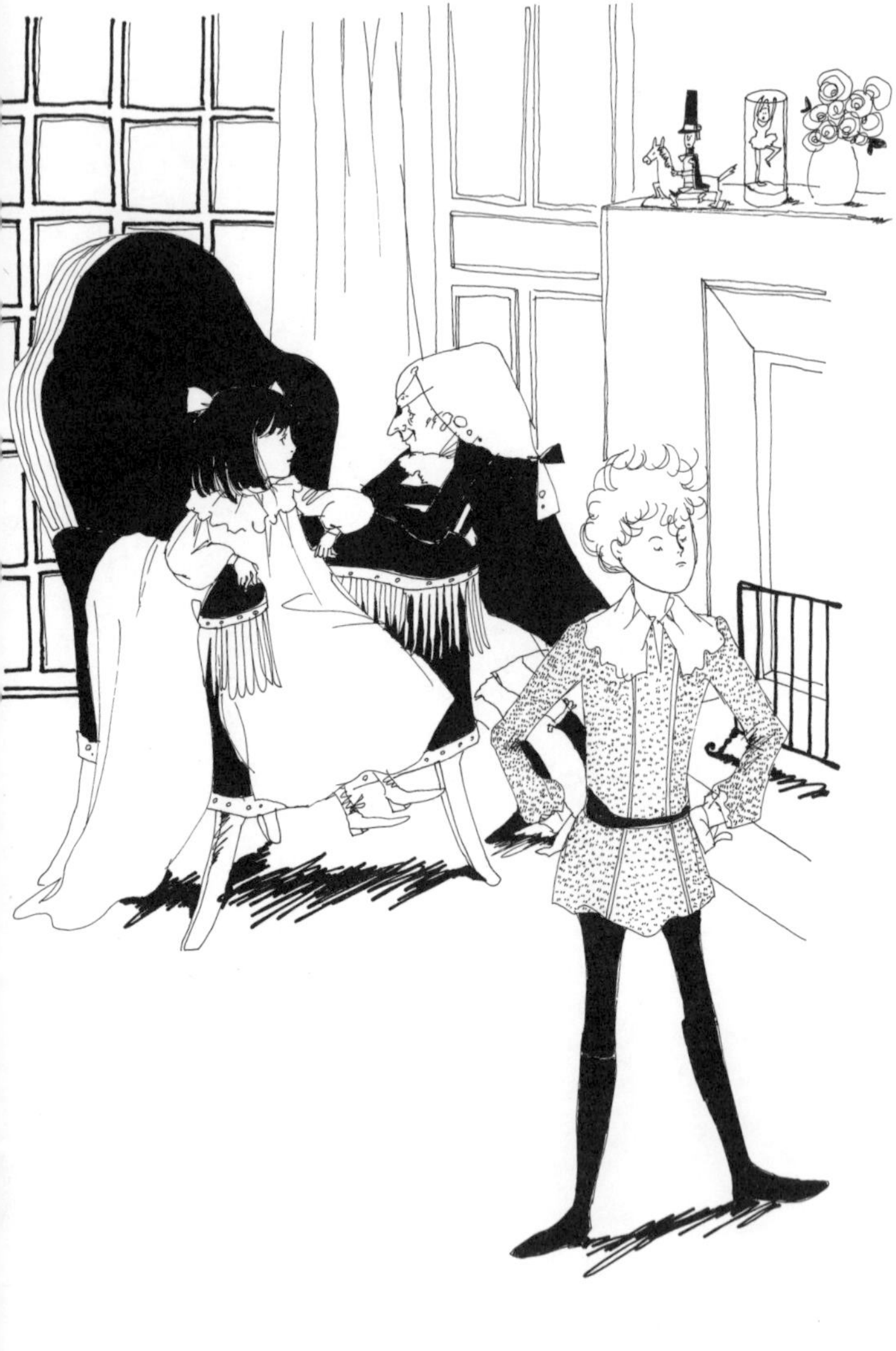

「ぼくの軽騎兵《けいきへい》たちは、そんなひょろひょろ軍隊《ぐんたい》じゃないやい。さもなきゃ、家来《けらい》になんかしてやらないもの」

ドロッセルマイアーおじさんはなにもいいません。にこにこ笑《わら》っているだけでした。そしてマリーをひざにだきあげ、低《ひく》い声でささやきました。

「ねえ、かわいいマリー。きみにはほんとうのことがわかるんだ。ここにいるだれよりもね。生まれながらの王女だったピルリパート姫《ひめ》とおなじように、きみも、きれいなきらきらかがやく王国の王女さまだもの。

でももし、きみが、みにくいすがたにかえられたくるみわり人形を、ほんとうに助けてあげようと思ったら、つらいことや悲しいことを、いっぱいのりこえなくちゃならないよ。ねずみの王さまが目を光らせてねらっているからね。

だけど、おじさんじゃ役にたたないんだ。きみにしか助けられないんだよ。覚悟《かくご》を決めて、しっかり立ちむかうんだよ、いいかい」

おじさんがなにをいっているのか、マリーもほかのひとたちも、よくはわかりませんでした。そればかりかお父さんの衛生顧問官《えいせいこもんかん》は、あまりめんくらったものですから、判事《はんじ》さんの脈《みゃく》をとって、こんなことまでいいました。

「これはたいへん、頭にずいぶん血がのぼってますぞ、処方箋《しょほうせん》を書いてあげなくちゃ」

お母さんだけは、なにか感じるところがあったように、しきりにうなずき、つぶやきました。

「判事さんのおっしゃりたいこと、よくわかるような気がしますわ。どういうことか、いおうとすると、うまくいえなくて、もどかしいのですけれど」

勝ちいくさ

それから何日かたった、ある月の明るい夜のことでした。マリーは、おかしな音で目をさましました。ゴロゴロ、ガタガタ、部屋《へや》のすみから、小石を投げあい、ころがしているような音がします。気もちの悪い、ヒューヒュー、キーキーという鳴き声までまじっています。

「ねずみだわ、ねずみがまたやってきたんだわ」

びっくりしたマリーは、お母さんを起こそうとしましたが、のどがつまって声が出ません。手足もこわばって動けないのです。

壁《かべ》の穴《あな》からもぞもぞはい出てきたのは、ねずみの王さま。目をぎらぎらさせながら、これみよがしに部屋じゅうかけずりまわりました。そして、ぴょーんととびあがり、マリーのベッドのすぐわきの、小さないすにのっかって、七つの王冠《おうかん》をふりたてました。

「ひっひっひっ、ボンボンをよこせ、マジパンをよこせ。わかったか、さもなきゃ、くるみわり人形をかじってやるぞ」

きいきい声でそういうと、ねずみ王は、ギシギシ、キュルキュル、歯ぎしりをし、あっというまにさっきの壁《かべ》の穴《あな》にとびこんで、消えてしまいました。

マリーは、このおそろしいできごとに、すっかりふるえあがってしまい、よく朝はもう、まっ青《さお》で、口をきくこともできません。お母さんやルイーゼや、せめてフリッツには、なにがあったか話そうと、なんどもなんども考えました。でもそのたびに、思いとどまるのでした。

「きっと信《しん》じてくれないわ。笑《わら》われるにきまってる」

マリーひとりの力でたちうちできる相手ではありません。くやしいけれどボンボンとマジパンの、持っている分をありったけ、マリーはその晩《ばん》、戸だなのふちにおきました。

つぎの朝、ガラス戸だなを見るなり、お母さんはおどろいてさけびました。

「まあ、いったいどこから、ねずみがはいってきたんでしょう。マリーったらかわいそうに、おまえのお菓子《かし》、ぜんぶかじられてしまったわ」

ほんとうに、そのとおり。さすがに大《おお》ぐらいのねずみの王さまも、まるまるとしたマジパンは口にあわなかったようですが、それでもするどい歯で、さんざんつつきまわしたあとがあり、捨《す》ててしまわねばなりませんでした。お母さんは憤慨《ふんがい》していましたが、マリーはこっそりつぶやきました。

「でもいいんだわ、お菓子なんて惜《お》しくない。くるみわりさんが助かったんだもの」

でも、これだけじゃすまなかったのです。

つぎの日の晩、またもやねずみの王さまはあらわれました。目をらんらんと光らせて、ひと声高く、チュウッ、キイ――――ッ。そしてマリーの耳もとで、あさましく歯をきしらせて、いうのでした。

「さとう菓子をよこせ、グミ人形をよこせ。わかったか。さもなきゃ、くるみわり人形をかじってやるぞ、くるみわり人形をな」

そうしてまたひとっとび、いやらしいねずみの王さまは壁《かべ》の穴《あな》に消えました。
つぎの朝、起きるとすぐにマリーは戸だなのところへいきました。なさけない思いでいっぱいでした。

「くるみわりさんのためだけど、ほんとにみんな、ひきわたさなきゃいけないかしら。こんなにきれいでかわいいのに。とってもだいじにしてたのに」

じっさい、マリーの持っていたさとう人形やグミ人形は、それはそれは手のこんだ、愛《あい》らしいすがたの人形でした。かわいい羊飼《ひつじか》いとそのおかみさんが、ミルクのようにまっ白いむくむくした羊たちに草を食べさせています。いせいのよい番犬《ばんけん》がはねまわり、むこうから郵便屋《ゆうびんや》さんがふたり、手紙を持って歩いてくるところです。おめかしをした若者《わかもの》と娘《むすめ》たちが四人ずつ、観覧車《かんらんしゃ》に乗っている人形もあります。輪《わ》になって踊《おど》っている人形たちのうしろには、野良着《のらぎ》のフェルトキュンメルと、オルレアンの少女の人形が立っていました。このふたつは、あまり好《す》きではなかったので、なんとかがまんもできました。けれどそのおくのすみから、マリーをちょこんと見あげている、大のお気にいりのまっ赤《か》なほおの人形と目があったときには――この子はマリーの大のお気にいりだったのです――思わず涙《なみだ》があふれてきて、

「ああ！」

と、くるみわり人形のほうをむいてさけびました。

「だいじなドロッセルマイアーさん、あなたのためだもの、なんでもするわ。でも、つらいの、わかってね」

するとくるみわり人形は、一瞬《いっしゅん》、べそをかいたように見えました。七つの頭のねずみの王さまが、七つの口をかっとひらき、このあわれな若者《わかもの》を頭からのみこんでしまうさまが、目に見えるような気がして、マリーはあわてていいます。

「いいわ、心配《しんぱい》しないで、くるみわりさん。なんでもするわ、さとう人形なんて惜《お》しくない」

マリーはその晩《ばん》も、おなじ場所に、ありったけのさとう人形をならべて寝《ね》ました。羊飼いにも、羊たちにもおわかれのキスをして、それからいちばんのお気にいりの、

まっ赤《か》なほおのグミ人形は、みんなのうしろにかくすようにおきました。フェルトキュンメルとオルレアンの少女を最前列《さいぜんれつ》にならべたときは、やっぱり胸《むね》がきゅんとなりました。

「まあ、なんてひどいこと！」

つぎの朝、ガラス戸だなのまえに立ったお母さんは、またおどろいてさけびました。

「うちのガラス戸だなには、いやらしい大ねずみが巣《す》くっているらしいわ。かわいそうにマリーのさとう菓子《がし》が、みんなやられてぼろぼろよ」

マリーも思わず涙《なみだ》ぐみました。でも、

「これでいいのよ。だって、くるみわりさんが無事《ぶじ》だったんだもの」

こう思えば、かえってうれしいというものでした。

お母さんは、しかし、二回目ともなれば、こんなねずみの乱暴《らんぼう》をほうっておくわけにはいきません。夕食のテーブルで話をきいたお父さんも、ちょうどお客にきていた判事《はんじ》さんにいいました。

「ねずみいっぴき退治《たいじ》できないとは、いまいましいかぎりですな。ガラス戸だなのなかで好《す》きかってな悪さをして、マリーのさとう人形をみんな食《く》いちらかしていったというんです」

「それならねえ」と、フリッツがもったいぶって口をはさみました。

「下の階《かい》のパン屋さんが飼《か》っているごろごろねこの参事官《さんじかん》がいいよ。それで万事《ばんじ》オーケーさ。あいつ、とてもすばしこいもの、ねずみなんか頭からがぶりだよ。マウゼリンクス夫人《ふじん》だって、息子《むすこ》のねずみの王さまだって」

「そのうえにね」お母さんが、フリッツのことばを笑《わら》ってひきとります。

「その灰色《はいいろ》ねこは、いすやテーブルにとびのって、コップやお皿《さら》をけちらかして、いろんなものをこわして帰るんでしょうね」

「そんなことないよ」フリッツは口をとがらせました。

「パン屋さんの参事官は、とっても身のこなしが軽いんだ。ぼくもあいつみたいに、とんがり屋根《やね》をぬき足さし足で歩いてみたいって、いつも思っているんだよ」

そうかと思うと、ルイーゼは、

「夜中にうちにねこをいれるなんて、大反対！」

ルイーゼは、ねこがきらいなのです。

「フリッツの案《あん》がいちばんだけどね」と、お父さん。

「ねずみ取りって手もあるな。うちにはひとつもなかったっけ？」

「ドロッセルマイアーおじさんに作ってもらおうよ。おじさんが発明したんだもの、ね、おじさん」

フリッツがいうと、『かたいくるみの物語』を思いだし、みんな笑《わら》いくずれました。

お母さんは、

「たしかうちには、ねずみ取りはなかったわ」

と、いいますと、

「なあに、わたしのところにありますよ。さっそく、とっておきのやつを、うちから持ってこさせよう」

ドロッセルマイアーおじさんは、ねずみ取りさえお手のものです。

さて、おじさんが話してくれた、かたいくるみの物語は、フリッツもマリーもひときもわすれることはできませんでした。料理人《りょうりにん》のおばさんがぶたのあぶらみを焼《や》いていて、ジュージューおいしそうなにおいがすると、マリーはお話を思いだし、こわくてこわくてふるえてしまうのでした。そしておばさんのスカートにしがみついていました。

「王妃《おうひ》さま、気をつけて、マウゼリンクス夫人《ふじん》がねらっているわ。子どもたちをひき連《つ》れて、あぶらみをさらいにくるわ」

フリッツはそんなとき、サーベルをぬいてはふりまわし、胸《むね》をはりました。

「さあ、かかってこい！　こてんぱんにやっつけてやるぞ！」

けれど、ねずみどもはあらわれず、かまどにパチパチ火がはぜる音がするばかりです。

判事《はんじ》さんは約束《やくそく》どおり、ねずみ取りを持ってきてくれました。細《ほそ》い糸にぶたのあぶらみをつるし、そうっと、そうっと、ガラス戸だなのおくにおきました。見ていたフリッツは心配《しんぱい》そうです。

「だいじょうぶ？　おじさん。ねずみの王さまのやつ、えさだけ取っていかないかなあ」

お兄ちゃんたら失礼《しつれい》ね、とマリーはひそかに思いました。これでほっとひと安心《あんしん》、きょうからぐっすり眠《ねむ》れるわ、と胸《むね》をなでおろしたところだったのです。

——ところがその晩《ばん》のこと。

ぴたっぴたっと冷《つめ》たいものが、眠っているマリーの腕《うで》にふれました。かと思うとほっぺたをこするのは、いったいなんでしょう。ざらざらした、なんだか気もちの悪いものが、耳もとで、チュウチュウ、キイキイ、鳴いています。

あのいやらしいねずみの王さまがマリーの肩《かた》にのって、ぱっくりあいた七つの口から真っ赤《か》なあわを吹《ふ》きながら、ギイギイ、キシキシ歯ぎしりをしていたのです。おそろしくて身動きもできないマリーの耳に、くさい息を吹きかけながら、あのずうずうしくてあさましいねずみの王さまは、部下《ぶか》たちに号令《ごうれい》をかけているところでした。

「しいっ、しいっ、ひっこめ、ひっこめ、気をつけろ。ごちそうにまどわされるな。そいつはわなだぞ、しいっ」

そしてマリーのほうをむきました。

「絵本をよこせ、ドレスをよこせ。さもなきゃ眠れぬようにしてやるぞ、わかったか。くるみわり人形を頭からかじってやるぞ、ひっひっぴっぴっ、チュウッ、キイ――ッ」

マリーはこわくて悲しくてなさけなくて、胸がいっぱいになりました。

朝になってもまっ青《さお》で、マリーはおどおどふるえていました。でもガラス戸だなが気がかりで、お母さんのスカートにかくれるように居間《いま》までいってみたのです。

「悪がしこいねずみだわ、いっぴきもわなにかかってない。でもマリー、安心おし」

ガラス戸だなをのぞきこんだお母さんは、マリーをふりかえりました。マリーがあんまりおびえているのは、かじられたさとう菓子《がし》がかわいそうなのと、それに、たびかさなるねずみの攻撃《こうげき》を、こわがっているのだと思ったのでしょう。

「すぐにねずみなんか、追《お》いはらってあげますからね。わなのききめがなかったら、フリッツに、ねこの参事官《さんじかん》を借りてきてもらいましょう」

居間《いま》にひとりきりになると、さすがにマリーもがまんしきれず、涙声《なみだごえ》で、ガラス戸だなのくるみわり人形に話しかけました。

「たいせつな、かわいいドロッセルマイアーさん。どうしたらいいの、みじめだわ。イエスさまがくださった絵本をぜんぶさしだしたって、まだいちども着てないきれいな洋服をぎせいにしたって、あのにくらしいねずみの王さまは、きっとまんぞくしないもの。もっともっとずうずうしく、これをよこせ、あれをよこせって、いってくるにきまってる。でも最後《さいご》には、もうさしだすものがなにもなくなるわ。そうしたらねずみの王さまは、あなたのかわりにこのあたしをかみ殺《ころ》してやるって、きっといってくるでしょう。

ねえ、あたしだってかわいそう。どうしたらいいの？　どうしたら」

そんなふうになげいているとき、ふとマリーは、くるみわり人形の首《くび》もとに、大きな血のしみがついているのに気づきました。考えてみれば、はげしかったあの戦《たたか》いの夜からついていたのです。

くるみわり人形が、ほんとうはドロッセルマイアー少年で、判事《はんじ》さんのおいだとわかってから、マリーはなんだか気はずかしくて、くるみわり人形を胸《むね》にだいたり、キスしたりなでたりするのをえんりょしていました。でもこの血のしみに気がつくと、マリーはたなから用心深くくるみわり人形をとりだして、ハンカチで首すじをふき始めました。

するととつぜん、くるみわり人形は、マリーの手のなかで血がかよったようにあたたかくなり、動きだしました。マリーがあわててたなにもどすと、くるみわり人形は小さな口をことこと動かし、かすれた声でささやきました。

「ああ、たいせつなシュタールバウムのお嬢《じょう》さん、かけがえのないお友だち、なんとお礼をもうしたらよいか――でも、もうだいじょうぶ、イエスさまにいただいた絵本も洋服も、もうご心配《しんぱい》は無用《むよう》です。ただ剣《つるぎ》をひとふり、ひとふりの剣をどうかさずけてください。あとはわたくしにおまかせを。たとえあいつが――」

そこまでいうと、くるみわり人形はぴたりと口をとざし、心からの悲しみにみちたまなざしも、また空《くう》を見つめて動かなくなってしまいました。

くるみわり人形が、しゃべったような気がしたのはこれで二度目でしたが、こんどはマリーは、こわいなんて思いませんでした。むしろうれしくて、踊《おど》りあがりたいくらいです。だって、これ以上《いじょう》服やお菓子《かし》をいけにえにしなくても、くるみわり人形を助ける方法が、やっとわかったのですもの。でもこんな小さなくるみわりさんにふさわしい剣《つるぎ》なんて、どこでさがせばいいのでしょう。

「そうだわ、お兄ちゃんに相談《そうだん》しよう」

その晩《ばん》は、お父さんもお母さんもおよばれで、夕ごはんは子どもたちだけでした。フリッツとふたりきりになったとき、マリーは、フリッツを居間《いま》のガラス戸だなのまえに呼《よ》びました。そして、ねずみの王さまとくるみわり人形の戦《たたか》いに立ちあって、とてもはらはら、どきどきしたことや、今や、くるみわり人形を助けるために、なにをしなくてはならないかを、くわしくフリッツに話しました。

フリッツはとりわけ自分の軽騎兵《けいきへい》たちが、戦いのさいちゅうになさけないふるまいをした、というところにこだわって、なんどもマリーに念《ねん》をおします。

「ほんとうかい？　ほんとうにあいつら、そんなひきょうな態度《たいど》をとったの？」

「ほんとうだってば、お兄ちゃん」

マリーがこたえると、すぐさまフリッツは立ちあがり、ガラス戸だなのなかの軽騎兵部隊《ぶたい》にむかい、こぶしをふるわせて演説《えんぜつ》を始めました。そして自分のことしか考えない、ひきょうでなさけないふるまいの罰《ばつ》として、軽騎兵たちの帽子《ぼうし》についていた徽章《きしょう》を、つぎからつぎへとはぎとると、だんこ、こういいわたしました。

「いいか、おまえたち、むこう一年間は、近衛《このえ》軽騎兵行進曲《こうしんきょく》を演奏《えんそう》することを禁止《きんし》する！」

それからフリッツは、マリーにむきなおり、

「サーベルがほしいっていうなら、うん、助けてあげられる。きのう、年《とし》とった重騎《じゅうき》

兵部隊《へいぶたい》の大佐《たいさ》をひとり、恩給《おんきゅう》をつけて退役《たいえき》させたばかりなんだ。切れ味のよい、りっぱなサーベルを持っていたんだけど、もういらなくなったから」

その陸軍《りくぐん》大佐というのは、三番目のたなのいちばんおくのすみっこで、のんびり恩給で暮《く》らすことにしていましたが、フリッツに呼《よ》ばれて緊張《きんちょう》しながら進みでてきました。

「ほらね、りっぱなサーベルだろう」

フリッツは大佐のこしの剣《つるぎ》をはずすと、くるみわり人形にそれをつけてやりました。

その晩《ばん》、マリーは、心配《しんぱい》で心配で、寝《ね》つかれませんでした。こわくてまくらにしがみつき、じっとしていました。はたして真夜中《まよなか》になると、居間《いま》からは、このまえのようなふしぎなさわぎがきこえてきました。

ドッタン　バッタン　ガチャガチャ　ドシン！

チュウ――――ッ！

とつぜんするどい悲鳴《ひめい》が暗《くら》やみをつんざきました。

「ねずみの王さまだわ、王さまの声だわ！」

ぞくぞくっとして、マリーははね起きました。でもすぐにしいんとして、物音《ものおと》ひとつきこえません。コツコツ、コツコツ、しばらくすると、えんりょがちに、マリーの部屋《へや》の戸をたたく音がしました。か細《ぼそ》い声が呼んでいます。

「いとしいシュタールバウムのお嬢《じょう》さん、ご安心《あんしん》を。よろこばしいお知らせです」

くるみわり人形の声です。マリーはガウンをはおると、戸口にとんでいきました。ドアをあけると、くるみわり人形が血に染《そ》まった剣を右手に、左手にはろうそくをかかげ、立っていました。マリーを見るとひざまずいておじぎをし、話し始めました。

「あなたのおかげです。ひとえにお嬢さん、あなたのおかげで勇気《ゆうき》百倍、騎士《きし》として恥《は》じることなく戦《たたか》うことができました。あなたをさんざんなぶりものにした、思いあがったねずみどもに立ちむかうことができました。あの根性《こんじょう》のねじくれた、にっくきねずみ王のやつは、血の海のなかをのたうちまわっております。

たっといおかた！　死ぬまであなたに忠実《ちゅうじつ》な騎士の手から、どうぞ勝利《しょうり》の印《しるし》をおうけとりください」

くるみわり人形は左腕《ひだりうで》にかけていた七つの金の王冠《おうかん》を注意ぶかくはずし、マリーへさしだしました。

「まあ、ほんとうに？　こんなすてきなかんむりを」

くるみわり人形はうなずいて立ちあがり、ことばをつぎます。

「ご親切《しんせつ》なシュタールバウムのお嬢《じょう》さん、敵《てき》を討《う》ちまかしたこの今こそ、すばらしいものをお目にかけたくぞんじます。ほんの二、三歩、おみ足をお進めくださいませ。どうぞ、さあ、どうぞ、いとしいお嬢さん！」

さて、みなさん、こんなふうにさそわれたら、きみたちだったらどうするかな？　こんなに誠実《せいじつ》でさわやかなくるみわり人形の招待《しょうたい》ですからね、だれだって、ためらわずについていくんじゃないでしょうか。よこしまなことをもくろんでいる気づかいなんて、ぜったいありませんもの。

くるみわり人形の気だてを知っているマリーには、なおさらのことでした。これまでのなりゆきからも、くるみわり人形の感謝《かんしゃ》の気持ちをすなおにうけとるのは、しぜんなことでしたし、すばらしいものを見せてくれるという、そのことばを信《しん》じてついていっても、ぜったいがっかりすることなんかあるまいと思えました。

「いっしょにいくわ、ドロッセルマイアーさん。でも遠いところはだめよ、ひと晩《ばん》かかるようなところもだめ。だって今晩《こんばん》はまだあたし、ぜんぜん眠《ねむ》ってないんだもの」

「ご安心《あんしん》を」くるみわり人形はこたえます。

「いちばんの近道をいきましょう、すこしばかりやっかいな道ですけれど」

そういうと、彼《かれ》はさきに立ちました。マリーもあとを追《お》います。

ふたりは、玄関《げんかん》の大きな古い洋服だんすのまえまできました。おどろいたことに、いつもはきっちりかぎのかかっているたんすのとびらが、あけっぱなしになっていて、お父さんの旅行コートがいちばんてまえに見えました。きつねの毛皮のコートです。

くるみわり人形は、身《み》のこなしもあざやかに、たんすのへりやとびらの細工《さいく》をよじのぼり、太いひもでたばねられた、コートの背中《せなか》の大きなふさ飾《かざ》りをつかみました。力をこめてふさ飾りをひっぱると、コートのそで口から、するすると階段《かいだん》がおりてきました。ヒマラヤ杉《すぎ》でできた、かわいい階段です。

「さあどうぞ、おのぼりください、お嬢《じょう》さん」

くるみわり人形は高らかにさけびました。

そでをつたってのぼっていき、えりが見えるあたりにくると、どうでしょう。とつ

ぜんまばゆい光が、マリーの目にとびこんできました。

気がつくと、そこは、さわやかな草の香《かお》りにみちた牧場《まきば》ではありませんか。宝石《ほうせき》のようにまぶしい、楽しげな光がちらちらとびはねる草原です。

「ここは氷《こおり》ざとうの牧場です」くるみわり人形が説明《せつめい》してくれました。

「でもいそぎましょう、こちらの城門《じょうもん》をぬけてまいります」

そういわれて目をあげると、すぐそこにりっぱな門がそびえていました。白、茶、赤のまだらもようの大理石《だいりせき》でできているように見えましたが、近くによってよく見ると、さとう漬《づ》けのアーモンドと干《ほ》しぶどうをまぜて焼《や》きあげられているのでした。

「おわかりになりましたか、この門はアマンド・レーズン大門《だいもん》というのですよ。ここのひとたちは、学生食堂通用口《しょくどうつうようぐち》なんて、すげない名前で呼《よ》んでおりますけれどね」

城門にとりつけられた回廊《かいろう》は大麦糖《おおむぎとう》でできていて、上では赤いチョッキを着こんだ小さなさるが六ぴき、トルコ軍楽隊《ぐんがくたい》ふうの曲を、器用《きよう》に演奏《えんそう》しているのがきこえてきます。

あんまり上ばかり見ていたので、マリーは、今、歩いている大理石のしき石が、色とりどりのさとう菓子《がし》をタイルみたいにならべたものだということに、うっかり気づかずとおりすぎるところでした。

しばらくいくと、このうえなくあまい香りがふたりをすっぽりつつみました。それは、ゆく手《て》の両わきにあらわれた美しい森から立ちのぼる香りでした。ふかぶかとしたしげみのなかで、あざやかな光がきらきら舞《ま》い踊《おど》り、金銀の木の実がさまざまな色の枝《えだ》にゆれているのが見えました。幹《みき》にも枝にも、リボンや花たばが飾《かざ》られて、晴れの日の花よめ花むこと、ふたりを祝《いわ》うお客たちのようにはなやかです。

オレンジの香りがそよそよ吹《ふ》きよせ、枝えだや葉むらをつつみます。すると金箔《きんぱく》をちらしたように、ちらちら、ぱちぱち、光がはぜて立ちさわぎ、よろこびをうたいあげているかに見えました。

「ああ、なんてきれいなところなの」

マリーは夢《む》中《ちゅう》になってさけびました。

「クリスマスの森ですよ、お嬢《じょう》さん」

くるみわり人形が教えてくれました。

「もうちょっと、ここにいたいわ。ほんとうにうっとりするほどきれいなんだもの」

くるみわり人形が小さな手をたたくと、小さな羊飼《ひつじか》いや猟師《りょうし》たちがおかみさん連《づ》れですがたを見せました。ほっそり、きゃしゃで、色白でしたから、まっ白なさとうでできた人形みたいでした。森のなかをずっと歩いていたのに、それまではこのひとたちに気づかなかったのはどうしてかしら。

とても愛想《あいそ》のよいひとたちで、かわいい金のいすをはこんでくると、甘草《かんぞう》でできた白いクッションをおき、

「どうぞ、おかけなさいな」

「休んでいらして、お嬢さん」

と、口ぐちにいうのでした。マリーがこしかけようとすると、羊飼いたちはかわいらしい踊《おど》りを始め、猟師たちが笛《ふえ》で伴奏《ばんそう》をつけました。そして踊りながらひとりずつ、

森のこかげに消えていきました。

「これは失礼」と、くるみわり人形はおでこの汗《あせ》をふきながら、

「失礼しました、シュタールバウムのお嬢さん、踊りがしりすぼみになってしまいまして。あの者たちはみな、針金《はりがね》じかけバレエ団の者でして、今お見せした踊りしか知らないのです。猟師たちの笛の伴奏も、眠《ねむ》たくなるような、ぱっとしないものでしたけれど、それなりのわけもあるのです。

ここ、クリスマスの森ではどの木にも、さとう菓子《がし》のバスケットがぶらさがってはいるのですが、なにぶんあの者どもの背《せ》たけでは、とても手がとどかないので、ぜんぜん意気《いき》があがらないのですよ。

さあ、もっとさきへ進みましょう」

「ええ、でもくるみわり人形さん、踊りも笛もとてもおじょうずだったと思うわ。あたしは楽しく見ていたわ」

マリーはいすから立ちあがり、くるみわり人形のあとを追《お》いました。

ふたりが歩いている道のわきには、楽しげにうたう川が流れていました。さっきから森をすっぽりつつんでいた、うっとりとあまい香《かお》りは、この流れから立ちのぼっていたのです。

「オレンジ川です、お嬢《じょう》さん」

マリーがきくと、くるみわり人形はいいました。

「でも、香りこそ天下一品《てんかいっぴん》ですが、大きさといい美しさといい、レモネード川のほうがすてきです。やはりアーモンドミルク湖《こ》にそそぐ川で、まもなく見えてくるはずです」

しばらくいくとほんとうに、ザブンザブン、ゴウゴウと力強い水音がきこえてきました。ゆったり流れるレモネード川です。最初《さいしょ》に見えたのは、黄色いつややかな川波《かわなみ》でした。両岸にざくろ石のようにきらきら光る緑のしげみをしたがえて、とうとうと流れくだっていくのでした。美しい川面《かわも》からはさわやかな涼気《りょうき》がたちのぼり、胸《むね》いっぱいすいこむと、からだじゅうがふるいたつほどでした。

しばらく進むと、こいレモン色の小川が、ちょろちょろ流れていて、なんともいえぬあまい香りがあたり一面にみちていました。岸辺《きしべ》には、とてもかわいらしい子どもたちが、釣《つ》り糸《いと》をたれていました。まるまるとした小さな魚がつぎつぎかかり、子どもたちは、魚をつりあげるが早いか、むしゃむしゃ食べているのでした。近づいてよく見ると、とがったヘーゼルナッツみたいな魚です。

さらに歩いていくと、川辺《かわべ》にきれいな村が見えてきました。家いえや教会や牧師館《ぼくしかん》、納屋《なや》も見えます。みんなこげ茶のおそろいで、金色の屋根と、色とりどりのへいがアクセントをつけていました。へいにはきっと、レモンピールやアーモンドをあしらって、飾《かざ》っているのでしょうね。

「ジンジャーケーキ村ですよ」くるみわり人形は指さしました。

「まえを流れるのははちみつ川。かわいらしいひとたちが住んでいる村ですけれど、あいにくいつも虫歯《むしば》になやんでいて、あまり愛想《あいそ》がいいとはいいかねます。ここにはよらずにまいりましょう」

ちょうどそのとき、マリーはむこうに町を見つけました。どの家もどの家も思い思いにぬりたてられ、それがまた、色ガラスみたいにすきとおってきらきら光っているのです。くるみわり人形は、この町めざしてずんずん歩いていきました。あとをついていくマリーの耳に、ひとびとのかん高いざわめきがきこえてきました。

町にはいってみると、かわいい陽気《ようき》なこびとたちが、市場《いちば》にとめた荷車の山のような荷を、かんじょうしながらおろしているところでした。その荷というのは見たところ、美しい色の包《つつ》み紙《がみ》や、板チョコのようです。

「ここがボンボン侯国《こうこく》なのですけれど」と、くるみわり人形が教えてくれます。

「紙の国とチョコレート王国からの贈《おく》りものが、ちょうど到着《とうちゃく》したようです。かわいそうにこの町は、このところ、蚊《か》の将軍《しょうぐん》の軍勢《ぐんぜい》にこっぴどく痛《いた》めつけられておりまして、紙の国からの贈りものでたてものを防御《ぼうぎょ》しなければならぬのです。チョコレート王の援助物資《えんじょぶっし》はとりでを築《きず》くのにつかいます。

でもシュタールバウムのお嬢《じょう》さん、こうした小さな町や村がめざすところではありません。都《みやこ》へ、都へまいりましょう」

くるみわり人形は、なおもさきをいそぎます。マリーもわくわくしながらあとを追《お》います。

しばらくいくと、あたり一面、うっとりするようなバラの香《かお》りがたちこめているのに気づきました。バラがそっとため息をついたようなあわい光が、ふたりをつつんでいました。バラ色の川面《かわも》が、ちらちら光を照《て》りかえしているのです。銀をちらしたバラ色の波が、ピチピチ、チャップチャップ、ふたりのほうへおしよせてきては、楽しげにうたっています。

流れはだんだん川はばをまして、大きな湖《みずうみ》にそそいでいました。水のおもてには、金のリボンを首《くび》にむすんだ、美しい銀色の白鳥がうかび、自慢《じまん》ののどで、この世《よ》のものとも思われぬ美しい歌をうたっていました。それにあわせてダイヤモンドの魚たちが、バラ色の波間《なみま》に見えかくれしながら、楽しく踊《おど》っているのです。

「まあ、すてき」夢中《むちゅう》でマリーはさけびました。

「ドロッセルマイアーおじさんがいってたわ、いつかこんな湖《みずうみ》を作ってくれるって。白鳥をかわいがる女の子も、あたしそっくりに作ってくれるって」

それをきくとくるみわり人形は、マリーがいちども見たことがないほど、ひにくっぽい笑《え》みをうかべていいました。

「こんなにすばらしいものは、いくらおじでも作れませんよ。あなたのほうがおじょうずでしょうね、シュタールバウムのお嬢《じょう》さん。

でも、そんなことはあとで、あとで。バラの湖をわたり、都《みやこ》へ、都へまいりましょう」

くるみわり人形が、なんども手を打ちならすと、バラ湖《こ》の水面はざわめいて、ザブンザブンと高波《たかなみ》がうねってよせてきました。遠くのほうから火のようにまぶしい、きらきら光るものがこちらにちかづいてきます。二頭《とう》の金のいるかにひかれた貝の船でした。宝石《ほうせき》でできたその船は、さまざまな美しい光をはなち、バラ色の波によく照《て》り映《は》えます。

十二人のかわいい黒人が岸にひらりととびうつり、マリーとくるみわり人形を船にいざないます。おそろいの帽子《ぼうし》とこし布《ぬの》は、ぴかぴか光るはちどりの羽根で織《お》られた、それはめずらしいものでした。すべるように波の上を歩いていって、ふたりが貝の船に乗りこむと、船は、湖に乗りだしていきました。

バラの香《かお》りにつつまれて、バラ色の波にかこまれて、貝の船で進むのは、なんてすてきなことだったでしょう。二頭の金のいるかは頭を天にむけ、水晶《すいしょう》のようにするどくかがやく水柱《みずばしら》を高く吹《ふ》きあげました。水しぶきは大きな弧《こ》を描《えが》き、ちらちらきらきら舞《ま》いおちてきて、やさしくかわいい銀の声でうたっているかにきこえたのでした。

「バラ湖《こ》をわたってくるものは
妖精《ようせい》かしら
それとも蚊《か》かな　びむ　びむ　びむ
さかなたちかな　じむ　じむ　じむ
白鳥たちさ　しゅわ　しゅわ
金の鳥たち　とらら－　ら
うずまく波は　ざぶんざぶん
うたって　踊《おど》って風を呼《よ》べ
ほらほら　ちっちゃな妖精が
こっちにひかれてやってくる
バラ湖の波は　ざぶんざぶん

うずまけ　あわだて　ざぶんざぶん――」
けれども貝の船のともに乗っていた十二人の黒人たちは、水しぶきのこの歌が、まったく気にいらなかったようで、なつめやしの葉でできた日がさをぐるぐるふりまわしました。葉はバサバサ、ヒューヒュー、さわがしく鳴り、それに合わせて黒人たちは、足をふみふみ、いっぷうかわった歌をうたいました。

「たんたん　とんとん　たんたん　とん
ぼくらの踊りは陽気《ようき》な踊り
さかなよ　はねろ　スワンよ　泳げ
とどろけ　とどろけ　貝の船
たんたん　とんとん　たんたん　とん――」

「黒人たちは、ほんとに気のいいやつらなのですけどね」
と、くるみわり人形はいくぶん困《こま》ったような顔をしました。
「でも、とどろけ、とどろけ、なんてうたったら、湖《みずうみ》があれてしまうのに」

ほんとうに、まもなく、ゴウゴウとどろきがわきおこり、手に負《お》えないほどの響《ひび》きとなりました。

でもマリーは気にせずに、バラ色の波をじっと見おろしていました。うっとりするようなよい香《かお》りで胸《むね》いっぱいになりながら、波のおもてのひとつひとつに、かわいい女の子があらわれて、にっこりほほえんでいるのに見とれていたのです。

「ねえ、見て」マリーはうれしくなって、手をたたきながらいいました。

「ほら、ドロッセルマイアーさん、下を見て。ピルリパート姫《ひめ》じゃないかしら。あんなににこにこ笑《わら》ってる。ねえ、見えるでしょ。ドロッセルマイアーさん」

するとくるみわり人形は、いやいや、そうではありません、とため息をつき、

「かわいいシュタールバウムのお嬢《じょう》さん。あれはあなた、ほかならぬあなたのお顔ですよ。バラ色の波にうつってほほえんでいる、かわいいお顔はどれもこれも」

マリーはきゅうに恥《は》ずかしくなり、うしろをむいて目をつぶってしまいました。

ちょうどこのとき岸につき、ふたりは貝の船をおりました。おりたところは小さな

森で、クリスマスの森よりも美しいといってもいいくらい、きらめく光がとびはねて、どの木にもどの枝《えだ》にも、見たこともないめずらしいくだものがたわわにみのり、森をいろどっているばかりか、なんともいえない、あまずっぱいにおいをただよわせているのでした。

「さとう漬《づ》けくだものの森です」と、くるみわり人形がいいました。

「でも都《みやこ》はあちら、さあ、まいりましょう」

「すてきだわ、なんてきれいな町なの！」

くるみわり人形の指《ゆび》さすかなたに目をやって、マリーは息をのみました。花の咲《さ》きみだれる牧場《まきば》の、ずっとむこうに、城壁《じょうへき》や塔《とう》が、くっきりとそびえて立っていたのです。その美しいこと、塔のかたちも屋根《やね》のつらなりも、この世《よ》にふたつあるかと思うほど。かわいらしく編《あ》んだかんむりが屋根のかわりで、塔という塔は、じつにかわいい葉飾《はかざ》りで飾られています。

城門《じょうもん》は、アーモンド・メレンゲとさとう漬けのくだものでできているようでした。

そこをぐるぐると、銀の兵士《へいし》たちがいっせいにささげ銃《つつ》をしてふたりをむかえ、金のごうかなガウンを着た男のひとがとびだしてきて、くるみわり人形にだきつきました。

「ようこそ、王子さま、お菓子《かし》の城《しろ》へ、ようこそおいでくだされた」

マリーはとてもびっくりしました。くるみわり人形を王子さまと呼《よ》んだこのひとは、とても身分《みぶん》の高そうなひとだったからです。

そのとき遠くかなたから、かすかなざわめきがつたわってきました。わいわいさわぐひとの声や、愉快《ゆかい》そうな高笑《たかわら》い、ダンスの音楽や歌声もいりまじってきこえます。

マリーはふしぎでたまらず、くるみわり人形にたずねました。

「いったい、なあに、あのさわぎは」

くるみわり人形がこたえます。

「はい、シュタールバウムのお嬢《じょう》さん。とくにわけなどありません。ここ、お菓子の国の城下町《じょうかまち》はたいそう陽気《ようき》な町でして、いつも人出《ひとで》がおおいのです。一日じゅう、こんなににぎわっているのですよ。さあもっとさきへまいりましょう」

いくらも歩かないうちに、大きな広場がありました。広場をかこむ家いえは、それはそれは見事《みごと》なもので、どれもみなさとう細工《ざいく》。回廊《かいろう》が上へ上へと層《そう》をなし、広場のまんなかには、さとうをまぶしたバウムクーヘンが、オベリスクのようにすっくと立って天をさしています。

まわりの四つの噴水《ふんすい》は、よほど手をかけて作ったのでしょう。ひとつはオレンジエード、となりからはレモネード、というように、ちがう種類《しゅるい》のジュースを、四方にふきあげているのでした。水盤《すいばん》には生クリームがあふれそうで、スプーンでひとなめ、すくってみたくなるほどでした。

でも、なによりもすてきだったのは、通りをいきかうかわいらしいこびとたちでした。何千人ものひとたちが、おしあいへしあい、ひゅうっ、やっほーっ、とさけんだり、声高らかに笑ったり、ふざけあったり、うたったり。マリーが町の入り口できいたざわめきは、これだったのです。

おしゃれにすました紳士淑女《しんししゅくじょ》、アルメニア人にギリシア人、ユダヤ人もチロル人も、将校《しょうこう》、兵士《へいし》に、牧師《ぼくし》もいます。羊飼《ひつじか》いもピエロも——およそこの世《よ》で会える、ありとあらゆるひとたちが、ここに集まっていたのです。

とつぜん広場の一角が大きくゆれて、ひとびとはわいわいがやがやいいながらふた手《て》にわかれて道をあけました。ちょうどインドのムガール帝国大帝《ていこくたいてい》が、こしに乗って到着《とうちゃく》したのです。九十三人の貴族《きぞく》たちと七百人の奴隷《どれい》たちをおともにつれての大行列です。

そしてべつの一角では、五百人もの漁師組合《りょうしくみあい》の連中《れんちゅう》が祭りの行列にくわわって、通りを占領《せんりょう》しているところに、トルコの大王が運悪く馬で乗りこんできたから、さあたいへん。王さまひとりじゃないのです、三千人のトルコ兵もいっしょです。

かと思うと、オペラの一幕《まく》から舞台《ぶたい》の衣装《いしょう》もそのままに、ほこらかにうたい踊《おど》る一団《いちだん》が、そっくりくりだしてねり歩き、「お日さまばんざい！」とさけびながら、バウムクーヘンのオベリスクめざして突進《とっしん》。おすなおすなのにぎわいで、耳のなかががんがんします。そのとき、

「ぎゃああっ！」

「なんだ、こやつは、失敬《しっけい》な！」

おやまあ、ただならぬさけびです。ひとりの漁師が、よろめいて手をついたひょうしに、インドのバラモン僧《そう》の首《くび》をついうっかりと落としてしまったようです。つぎのかどではムガール大帝が、ものすごいいきおいで走ってきたピエロに、すんでのところでつきたおされるところでした。

おしあい、もみあい、ふんだの、けったのと、さわぎはひどくなるいっぽう。マリーは、目をぱちくりさせてながめていました。と、そのとき、城門《じょうもん》のところでくるみわり人形にだきついた、金のガウンを着た男のひとが、バウムクーヘンの塔《とう》にかけのぼり、鐘《かね》を三回打ち鳴らしました。

カーン　カーン　カーン
そしてすんだ鐘の音にあわせ、

「かーしやあー、かーしやあー、かーしやあー」

三回さけぶと、ぱたっとさわぎは静《しず》まりました。みんなひっしにその場をとりつくろおうとして、ばらばらになった行列をととのえ、ムガール大帝《たいてい》は服のちりをはらって威厳《いげん》をとりもどし、バラモン僧《そう》は落とされた首《くび》をすげなおし、そこであらためて、また陽気《ようき》なさわぎが始まりました。

「菓子屋《かしや》っていっていたわ、なんのことなの、ドロッセルマイアーさん」

マリーがきくと、

「はい、シュタールバウムのお嬢《じょう》さん」くるみわり人形はこたえます。

「正体《しょうたい》はよくわからないのですけれど、おそろしい力を持ったものらしく、この町の陽気《ようき》なひとたちに絶大《ぜつだい》な権力《けんりょく》をふるっているのです。その名を口にするだけで人びとはふるえあがり、どんなさわぎもおさまります。たった今、市長さんが見せてくれたようにね。

おまえがなぐった、あいつがけった、なんてののしりあいもぴたっとやめて、この世《よ》のつらさもすっかりわすれ、きゅうにまじめな顔をして、こんなことをつぶやくのです。

『人間とはそもそもなんぞや、われらはなにをなしうるや？』」

「まあ、悩《なや》みも心配《しんぱい》ごとも、ちっともなさそうだったのに」

マリーはすっかり同情《どうじょう》してしまいました。「かーしやあ！」というかけ声は、ちょっぴりおかしい気もしましたけれど。

さて、しばらく歩いていって、ふと目をあげると、かがやくばかりの見事《みごと》なお城《しろ》が、いきなりマリーのまえにあらわれました。

「すごいわ、どこまですてきな町なんでしょう！」

マリーは思わずさけびました。そのお城は、いくつもの塔《とう》でかざられて、バラ色の光にうかんでいます。すみれや水仙《すいせん》、チューリップ、あらせいとうの花束《はなたば》をそこかしこにあしらった城壁《じょうへき》は、燃《も》えたつような深い色、バラ色の雲を背景《はいけい》にいっそうくっきりきわだっています。まんなかの館《やかた》の丸屋根《まるやね》にも、そびえたつ塔の三角屋根にも、いく百、いく千もの金銀の星がちりばめられ、ちかちかまたたいていました。

「さあ、つきました。マジパン城《じょう》です」

くるみわり人形がいいました。おとぎの国のお城《しろ》に目をうばわれて、マリーは声も出ません。

そのとき、一かしょ、大きな塔《とう》の屋根が、そっくりこわれて落ちているのが目にはいりました。シナモン・スティックで足場《あしば》を組んで、こびとたちがいそがしく修理《しゅうり》のまっさいちゅうです。

マリーがたずねるまえに、くるみわり人形が教えてくれました。

「ついさきごろ、たいへんなものにおそわれたのです。さいわい完全《かんぜん》にやられるというところまではいきませんでしたが。

そいつは大食《おおぐ》らいの大男で、あの塔の屋根をつまんでひょいと口にいれ、大きな丸屋根にまでかじりついたので、お菓子《かし》の国の人びとは青くなり、この町の一区画《くかく》そっくりと、さとう漬《づ》けのくだものの森のかなりの広さの部分をさしだして、これでごかんべんを、ということで、やっと追《お》いはらったのですよ」

そのときとつぜん、やさしい美しい楽《がく》の音《ね》がながれてきました。お城の門が大きくひらいて十二人の小姓《こしょう》が、チョウジの茎《くき》のたいまつを手に、そろって歩みでてきました。かわいい手のなかで、炎《ほのお》がゆらゆらゆれています。小姓たちの頭は真珠《しんじゅ》、からだはルビーとエメラルド、おまけにかわいい足は純金《じゅんきん》です。

そのうしろから四人の貴婦人《きふじん》がすがたを見せました。マリーのお人形クララちゃんくらいの背《せ》たけですが、このうえなくすばらしい、まばゆいドレスを着こなしていましたので、ひと目で、みな由緒《ゆいしょ》正しい王女さまであるとわかりました。王女たちはひとりひとりくるみわり人形をだきしめると、心をふりしぼるようなよろこびの声をあげるのでした。

「ああ、王子さま、たいせつな王子さま、お兄さま！」

この出《で》むかえに、くるみわり人形はおおいに感激《かんげき》したらしく、うれし涙《なみだ》にくれました。それからきっぱり涙をぬぐい、マリーの手をとって、マリーをみんなにひきあわせました。

「こちらが、マリー・シュタールバウムさま、尊敬《そんけい》してやまぬ衛生顧問官《えいせいこもんかん》のお嬢《じょう》さまだ。ぼくの命《いのち》の恩人《おんじん》だよ。このかたが、ここぞというときに室内ばきを投げつけてくださらなかったら、それに退役《たいえき》した大佐《たいさ》の剣《つるぎ》をおさずけくださらなかったら、今ごろぼくはあのおそるべきねずみの王にかみ殺《ころ》されて、冷たい墓《はか》によこたわっていたことだろう」

そして熱《ねつ》っぽい口調《くちょう》で、いうのでした。

「ああ、まさしくこちらのシュタールバウムさまこそ、ピルリパート姫《ひめ》に勝《まさ》る高貴《こうき》なかただ。たとえかの姫が生まれながらの王女であったとしても、マリーさまの美しさ、すなおさ、やさしさにかなうものか。だんこかなわないぞ、ぜったいに！」

「かなうものですか、ぜったいに！」

妹の姫君《ひめぎみ》たちも口をそろえました。みんなすっかり感動《かんどう》してマリーにだきつき、うれし涙《なみだ》をはらおうともせず、口ぐちにさけびました。

「ああ、たっといおかた。お兄さまを助けてくださった、すばらしいおかた、シュタールバウムのお嬢さま!」

　さて、妹君たちは、マリーとくるみわり人形をお城《しろ》のなかへ、大広間《おおひろま》へといざないました。広間の壁《かべ》は水晶《すいしょう》で、きらきら光っていました。

けれど、なによりマリーが気にいったのは、壁ぎわにならんでいる、このうえなくかわいらしいいすやテーブル、たんすや書きものづくえでした。どれもヒマラヤ杉かブラジルすおうの木でできていて、金の花もようがあちこちにあしらってあるのです。

「どうぞ、おすわりになって」と、王女さまたちはいいました。

「すぐお食事を用意しますから」

　そうしてたくさんの小さななべやら、優雅《ゆうが》なせとものばちやらをはこんできました。フォークにスプーン、ナイフにおろしがね、シチューなべもわすれません。どれもこれも金製、銀製のぜいたくな料理用具《りょうりようぐ》です。

　それからとりだしたのは、きれいなくだものとお菓子《かし》です。

(まあ、こんなにきれいなお菓子。どこでとれるくだものかしら)

マリーはこっそり思いました。王女さまたちはかたときも休みません。雪のように白いきゃしゃな手で、くだものの汁《しる》をしぼったり、香辛料《こうしんりょう》をつぶしたり、さとうをまぶしたアーモンドをすりおろしたり、いそがしく台所仕事を始めました。妹君《いもうとぎみ》たちが、こうした仕事はお手のものだということは、見ていてよくわかりました。

「どんなにおいしい料理ができるのかしら、あたしもいっしょにやりたいわ」

マリーもお料理が大好《だいす》きだったのです。マリーの目のかがやきに、いちばんかわいい妹君が、こういって、マリーに金のすりばちを貸《か》してくれました。

「ねえ、よろしいかしら、この氷《こおり》ざとうをすこしくだいてくださいな」

マリーはすぐに、氷ざとうをくだき始めました。金のすりばちもうれしそうにかわいい歌声をあげます。

いっぽうくるみわり人形は、これまでの苦労《くろう》を、みんなにことこまかく話しだしました。ねずみの王さまの軍隊《ぐんたい》とのおそろしい戦《たたか》いのもようの、あれやこれやを、です。

「わが軍の兵士《へいし》がおじけづいたために、いちどはこてんぱんにやっつけられ、頭からがぶりとやられるところだったのだよ。そこで、ここにいらっしゃるマリーさまが、ご自分につかえていたぼくの部下《ぶか》たちを、いけにえにささげなければならなくなったのさ」

この話をきいているうちに、くるみわり人形の声は、いいえ、それればかりでなく、金のすりばちのかわいい歌も、だんだん遠くなっていきました。そうしてうっすらかすみがかかったように、銀色のベールがあたりをおおい、王女たちも小姓《こしょう》も、くるみわり人形も、マリー自身も、ふわふわただよい始めました。

夢《ゆめ》のようにふしぎな音色《ねいろ》の歌がきこえ、ぶうんぶうん、ひゅるんひゅるんと小さくなってかなたに消えていきました。

そうしてマリーは大きくうねる波にのり、高く高く舞《ま》いあがっていきました。たかあく、たかあく――どこまでもたかあく――。

むすび

ドシーン　ストン

ずっとはるかの高みからマリーはまっさかさまに落ちてきました。あっというまのことでした。でもすぐ目をあけて、あたりを見まわしてみました。なんと、そこは自分のベッドの上です。

さわやかな一日が始まっていました。お母さんが、ベッドのまえに立って声をかけます。

「お寝《ね》ぼうさんね、とっくに朝ごはんができてますよ」

この話を今まで読んでくださったかしこいみなさんには、ちゃんとわかっていますよね。人形の国のふしぎなできごとに、すっかり我《われ》をわすれ、マジパン城《じょう》の大広間《おおひろま》でいつしか寝いってしまったマリーを、黒人の召使《めしつか》いか小姓《こしょう》たちが、ひょっとしたら王女さまたち自身が、部屋《へや》まではこび、ベッドに寝かせてくれたのだっていうことは。

「お母さん、ねえきいて、お母さん。ドロッセルマイアーさんがね、ゆうべあちこち連《つ》れていってくれたのよ。すてきなものをいっぱい見たの」

そしてマリーは、人形の国の話をお母さんに話し始めました。みなさんがいっしょに見てきた、あのすてきな、すばらしい森やお城《しろ》の話です。でも、お母さんは心配《しんぱい》そうに、首《くび》をかしげてマリーを見つめるばかりでした。そしてマリーの話が終わると、こういうのでした。

「とっても長い夢《ゆめ》を見たのね、楽しい夢だったのね、マリー。でも、いつまでもそんなことばかりいってないで――」

「夢なんかじゃないの、ほんとに見たんだから」

マリーはがんこにいいはりました。

お母さんはマリーをガラス戸だなのまえに連れていき、きのうの晩《ばん》とおなじ場所、三段《だん》めのたなからくるみわり人形をとりだして、

「ききわけのない子ね。こんな木づくりの人形が、生きて動いたなんて、どうしてい

うの」

「だって、お母さん」

マリーはあきらめません。

「だって。このくるみわり人形は、ニュルンベルク生まれのドロッセルマイアーさんで、ドロッセルマイアーおじさんのおいなのよ」

「おやおや、なにをいうかと思ったら！」

朝ごはんを食べにおりてきていたお父さんも、お母さんといっしょになって、大声で笑《わら》うのでした。

「ひどいわ、ひどいわ」

マリーはべそをかいていいはります。

「あたしのくるみわりさんを、笑い者にして！　マジパン城《じょう》で妹のお姫《ひめ》さまたちにあたしを紹介《しょうかい》するときに、くるみわりさんはお父さんのことを、とってもよくいってくれたのよ。じつにりっぱな尊敬《そんけい》すべき衛生《えいせい》顧問官《こもんかん》だって」

みんなの笑いはますます大きくなりました。ルイーゼもいっしょに、そのうえフリッツまでもです。それでマリーは自分の部屋《へや》にいき、おもちゃ箱《ばこ》から、ねずみの王の七つの王冠《おうかん》を持ってきて、お母さんにわたしていいました。

「見てよ、おかあさん、うそだと思うなら。これがねずみの王さまのかんむりよ、ゆうべ、ドロッセルマイアーさんが、戦《たたか》いに勝った印《しるし》にくれたのよ」

お母さんは、この小さな王冠《おうかん》を、おどろいてまじまじと見つめました。なにかわからないけれどぴかぴか光る金属製《きんぞくせい》で、たいへん手のこんだ細工《さいく》がしてあり、とても人間が作ったとは思えない見事《みごと》さです。

「どれどれこちらに見せてごらん」

お父さんも手にとって熱心《ねっしん》にながめていましたが、やがてふたりともこわい顔でマリーにつめよっていいました。

「さあ、いってごらん、マリー。これをどこで手にいれたんだ」

「正直にいうのよ、かくしちゃだめよ」

そんなふうにいわれたって、マリーには、みんなに笑《わら》われたあのお話を、もういちどくりかえすほかありません。

「なんて子だろう、いいかげんなことをいうんじゃない」

お父さんは頭ごなしにマリーをしかりつけ、うそつきはどろぼうの始まりだ、などというものですから、マリーはわんわん泣《な》きだしてしまいました。

「だってえ、だってえ、うそじゃないもの、ほんとうだもの」

そのときちょうど、ドアをあけ、判事《はんじ》さんがはいってきました。

「おやまあ、どうしたというんです？　かわいいマリーちゃんが泣いているじゃあないですかね。どうしたの、なにがあったんです、いったい」

お父さんは、いきさつをすっかり話し、問題《もんだい》の王冠《おうかん》を見せました。それを見るなり、判事さんは、

「あーっはっはっ、冗談《じょうだん》、冗談、こりゃあ、わたしの時計のくさりにずっとつけておいたものじゃないか。ちいちゃなマリーちゃんがやっとふたつになったとき、誕生日《たんじょうび》

のプレゼントにあげたんだよ。みなさんもうおわすれになったんですか。あーっはっはっ」

「なんですと。そりゃほんとうかね、判事さん」

「そんなことがあったかしら。ごめんね、マリー、悪いことしたわ」

うたがいを晴らしてくれたドロッセルマイアーおじさんに、マリーはとびつきました。

「ねえ、おじさんはなにもかもごぞんじよね、おじさんから話してちょうだい。あたしのくるみわりさんはおじさんのおいで、ニュルンベルク生まれのドロッセルマイアーさんなのよね。それであたしにこのかんむりをプレゼントしてくれたのよね」

すると判事さんはきゅうにきげんを悪くして、鼻を鳴らしていいました。

「ばかばかしい、ふん、くだらんこった」

それをきくと、お父さんは小さなマリーをひきよせて、こわい顔をしていいました。

「いいかい、マリー。もう、あんなばかばかしい出まかせをいうのはやめなさい。あんなつまらないぶかっこうなくるみわり人形が、判事《はんじ》さんのおいいだなんて、もういっぺんしゃべってごらん。くるみわり人形ばかりじゃなく、おまえの持ってる人形をぜんぶ、窓《まど》からほうって捨《す》ててしまうよ。たいせつにしているクララちゃんだって、許《ゆる》してやらないぞ」

こんなふうでしたから、かわいそうなマリーはもう、あのすてきな一夜のことをしゃべることができなくなってしまいました。心のなかは、いつもその思い出でいっぱいでしたけれどもね。あんなにすてきなすばらしい体験《たいけん》は、だれだってかんたんにわすれられはしませんもの。

フリッツさえ、マリーの〝人形の国〟の話に耳をかたむけようとはせず、マリーがちょっとでも話をきいてもらおうとすると、さっさと背中《せなか》をむけるのでした。そしてぶつぶつ、もごもごと、「ふん、ばかなやつ！」と、つぶやいていたともいいます。でもそれはちょっとあやしい話です。フリッツはほんとうはやさしい心の持《も》ち主《ぬし》で、そんなことをマリーにいうような子ではないはずです。

ただ、たしかにフリッツは、もうマリーのいうことを、ぜんぜん信《しん》じていませんでした。軽騎兵《けいきへい》たちを招集《しょうしゅう》して閲兵式《えっぺいしき》をとりおこない、マリーのいうことを真《ま》にうけたぼくがまちがっていた、悪かった、と正式に謝罪《しゃざい》して、まえにとりあげた徽章《きしょう》のかわりに、もっとりっぱながちょうの羽根の羽根飾《かざ》りを帽子《ぼうし》にぬいつけてやりました。おわびの印《しるし》におまけして、みんなの位《くらい》もあげてやり、トルコ軍近衛《ぐんこのえ》軽騎兵行進曲《こうしんきょく》の演奏《えんそう》禁止《きんし》も解《と》きました。

でもわたしたちは、軽騎兵たちの〝勇気《ゆうき》〟がどんなものか知っていますけれど。いやらしい敵《てき》の弾《たま》をうけて赤い上着がよごされたときのへっぴりごしを、ちゃんとおぼえていますけど！

さて、あの冒険《ぼうけん》をもうしゃべってはいけないと、かたく禁《きん》じられてはしまいましたけれど、あのふしぎなお菓子《かし》の人形たちの、すてきな光景を目に思いうかべただけで、いつもマリーの胸《むね》はあまくざわめき、かろやかに高鳴《たかな》るのでした。いっしんに思いつめれば、どの場面も、ありありと呼《よ》び起こされてくるのでした。

まえはあんなにとびまわり、はねまわって遊ぶ元気な子でしたが、だんだんマリーはおとなしく、もの静《しず》かな子になりました。家族のみんなから、「夢《ゆめ》みるお人形さん」といわれてからかわれるくらい、じっとすわって首《くび》をかしげ、もの思いにふけることがおおくなりました。そんなとき、マリーが思いうかべているのは、あのふしぎな国のことだったのでしょう。

しばらくたったある日のこと、判事《はんじ》さんが、いつものようにマリーの家にやってきました。居間《いま》にはいるなり判事さんは、

「おやおや、おくさん、また時計がとまってますな。どれどれ、わたしの出番《でばん》かな」

そういうと、さっそく、かつらをはずし、黄色い上着をぬいで、時計をつんつんつつき始めました。

ちょうどそのとき、マリーはガラス戸だなのまえにすわり、うっとり空想《くうそう》にふけりながら、たなに飾《かざ》ったくるみわり人形を見つめていました。思わずこんなため息がも

れました。

「ねえ、ドロッセルマイアーさん、もしあなたがほんとうに生きて動いてくれさえしたらねえ。あたしはピルリパート姫《ひめ》みたいに、あなたをばかにしたりはしないわ。だってあなたはあたしのために、こんなぶかっこうなすがたになってしまったんだもの」

これを耳にはさんだ判事さんは大笑《おおわら》い。

「あーっはっはっはっ、くだらん、くだらん」

そのときとつぜん、
ガタン　ドシン！

マリーは、いすからころげて気絶《きぜつ》してしまいました。

目をさますと、お母さんが心配《しんぱい》そうに、マリーのひたいに手をあてて、こういいました。

「どうしていすから落ちたりするの、もう子どもじゃないんだから。判事さんのおいごさんが、ニュルンベルクから見えてますよ。おぎょうぎよくするのよ、いいこと？」

マリーが客間《きゃくま》に出ていくと、時計の修理《しゅうり》を終えた判事《はんじ》さんはガラスのかつらをまたかぶり、黄色い上着を着こんで、にこにこまんぞくそうでした。そして、小柄《こがら》だけれどすらりとした男の子と、手をつないでおりました。

その子はミルクのように色白な子でしたが、ほっぺたもくちびるも健康《けんこう》そうなバラ色で、金のぬいとりのある、赤いおしゃれな上着を着、白い絹《きぬ》のくつしたとくつをはいていました。胸《むね》のフリルには愛らしい花たばをとめ、髪《かみ》をなでつけ、髪粉《かみこ》をふりかけ、背中《せなか》には見事《みごと》に編《あ》んだおさげをたらしていました。

こしにさげた小さな剣《つるぎ》には、きらきら光る宝石《ほうせき》の飾《かざ》りがはめこんであり、こわきにかかえた帽子《ぼうし》は、絹を編みあげた上等品です。とても気のきく少年だということは、マリーへのおみやげを見てもわかりました。

たくさんのすてきなおもちゃのなかでも、とりわけうれしかったのは、きれいなマジパンの人形や、ねずみの王さまがかじったのとおなじ、かずかずの人形たちでした。

それに、フリッツには、とても美しい剣を持ってきてくれたのです。

食事のときには、このかわいい男の子は、みんなのためにくるみをわってくれました。歯のたたないくるみなんてありません、右手でくるみをくわえると、左手でおさげをひっぱります。パチン！　くるみのからはこなごなです。

客間ではじめて会ったとき、マリーは火のようにまっ赤《か》になってしまいました。そうして、食事が終わったあと、

「ねえ、居間《いま》にいこうよ、きみのガラス戸だなを見せてよ」

とさそわれたときには、もっともっと赤くなりました。

「楽しく遊んでおいで、子どもたち。時計はちゃんと動いていることだし、わたしはここでゆっくりしていようかね」

判事さんの声を背中《せなか》にきいて、ふたりは居間へはいりました。ふたりきりになるやいなや、ドロッセルマイアー少年は、親《した》しげな態度《たいど》をあらためてかしこまってひざまずき、こういいました。

「ああ、心からおしたいするシュタールバウムのお嬢《じょう》さん。あなたの目のまえに、足もとにひざまずいておりますのは、あなたに祝福《しゅくふく》されたドロッセルマイアーです。まさしくこのガラス戸だなのまんまえで、命《いのち》をお救《すく》いいただいた、ドロッセルマイアーです。

もったいなくも、こうもおっしゃってくださいましたね。あなたのために、たとえどれほどわたくしがみにくくなったとしても、あのわがままなピルリパート姫《ひめ》のようにわたくしをさげすんだりはするまいと。そのおことばのおかげで、たちまちわたくしは救われたのです。あのぶざまなくるみわり人形のからをぬぎ捨《す》てて、以前《いぜん》のひとなみのすがたにかえれたのです。

ああ、すばらしいお嬢さん。あなたのそのお手で、わたくしを祝福してください。ともにマジパン城《じょう》の主《あるじ》となり、領地《りょうち》と王冠《おうかん》をわけあってください。

わたくしはマジパン城の当主《とうしゅ》なのです」

いっしんに念《ねん》じていたことが、とうとうやってきたのです。マリーは、おどろきあ

わてもしませんでした。そっと少年の手をとって起こし、こういいました。

「いとしいドロッセルマイアーさん、あなたはやさしい、いいかたね。すてきな領地《りょうち》に、かわいい陽気《ようき》なこびとたち、わすれたことはなかったわ。

いっしょにいくわ、おむこさんになってちょうだい！」

こうして、マリーは、ただちにドロッセルマイアー少年の花よめになったというわけです。

一年たったのち、ドロッセルマイアー少年は、銀の馬にひかせた金の馬車に乗り、マリーをむかえにきたということです。

結婚式《けっこんしき》のはなやかさは、今もみなの話のたねで、きらきらかがやく真珠《しんじゅ》とダイヤモンドで飾《かざ》りたてた二万二千もの人形たちが踊《おど》り、ふたりを祝福《しゅくふく》したという話です。

マリーは今でも人形の国のお妃《きさき》さまで、きらめくクリスマスの森や、さえざえとすんだマジパン城《じょう》の女王さまなのです。

もうマリーには会えないのかしら、ですって？　いえいえそんなことはありません。

あなたがマリーをわすれなければ、いつでもマリーと友だちになれますよ。目をつぶって、あのすてきな国を、すばらしい夢《ゆめ》を、いっしんに思い描《えが》くだけで、ほらね。

でも、くるみわり人形とねずみの王さまの話は、これでおしまいになりました。

〔解説《かいせつ》〕

『くるみわり人形』

大河原晶子《おおかわらしょうこ》

クリスマスの夜に始まった、小さなマリーとくるみわり人形のお話、いかがでしたか。

くるみわり人形がピンチにおちいったときは、ほんとうにはらはらしましたし、七つの頭のねずみの王さまが、眠《ねむ》っているマリーのベッドにぴょーんととびのったときには、マリーがかじられてしまうんじゃないかと、思わず手に汗《あせ》をにぎりました。

——それにしてもまあ、七つもの頭がひとつの胴体《どうたい》に、どういうふうにのっかっているのでしょう。七つの頭がえさの取り合いをしたり、あっちへいこうのこっちで休もうのと、けんかをしたりすることはないのでしょうか！　だいいち、重たくて動くのに不自由なのではないでしょうか。そんなことを考えると、ちょっぴり同情《どうじょう》もしてしまいます。

そしてそのねずみの王さまを見事《みごと》に討《う》ちとって、くるみわり人形がマリーを案内《あんない》していった、人形たちの国のすばらしかったこと。オレンジ川やレモネード川のうっとりあまい香《かお》り、ちらちら踊《おど》るバラ湖《こ》の波の照《て》りかえしが、私のところまでただよってきて、あたり一面《いちめん》、あまく明るくなったようでした。このかがやきがみなさんの部屋《へや》にもどいたでしょうか。そうだとしたら、うれしいのですけれど。

この物語を書いたE・T・A・ホフマンは、一七七六年に、東プロイセンの首都《しゅと》ケーニヒスベルクというところで生まれました。(プロイセンは、十九世紀後半のドイツ統一《とういつ》の中心となった王国ですが、ケーニヒスベルクは今はロシアの町になっています)

みなさんは、『くるみわり人形』というバレエのことをきいたことはありませんか。いま読み終わったこのお話をもとに、ロシアの作曲家、チャイコフスキーが作曲したバレエ音楽です。くるみわり人形といっしょに人形の国をおとずれたマリーを歓迎《かんげい》して、雪《ゆき》の精《せい》や金平糖《こんぺいとう》の精が、夢《ゆめ》のような踊りをくりひろげます。

ホフマンの小説《しょうせつ》には、音楽家の心をかきたてるようななにかがあるのでしょうか。ほかにもホフマンの小説を題材《だいざい》にしたり、ホフマンそのひとの生涯《しょうがい》に霊感《れいかん》をうけて、オッフェンバックのオペラ『ホフマン物語』や、シューマンのピアノ曲『クライスレリアーナ』など数おおくの作品が生まれています。

ホフマン自身、裁判所《さいばんしょ》の判事《はんじ》というかたい職業《しょくぎょう》についてはいましたが、作曲もするし、指揮《しき》もする、音楽批評《ひひょう》もこなすかと思えば、画家顔まけの絵筆《えふで》もふるうといった才能豊《さいのうゆた》かなひとでした。法律家《ほうりつか》としての仕事にめぐまれなかった不運《ふうん》な時期《じき》には、作曲にうちこみ、劇場《げきじょう》の楽長として指揮《しき》や作曲で生活をたてていたこともあったほどです。十三のオペラをはじめ、ホフマンが作った曲は今もたくさん残《のこ》っています。

こうした活動をつうじて、おなじ時代の作家たちとの親交《しんこう》も深く、自分でもいくつかのみじかい小説《しょうせつ》を書いてはいましたが、本格的《ほんかくてき》に小説を書き始めたのは、音楽家として有名になってから後のことです。そのころにはようやく、法律家としても安定した地位《ちい》をえることができました。ベルリンの大審院判事《だいしんいんはんじ》に任命《にんめい》されたのです。

そしてそれからずっと、優秀《ゆうしゅう》な判事として、人気《にんき》のある小説家として、ふたり分以上のひとなみすぐれた精力的《せいりょくてき》な生活をつづけました。その無理《むり》がたたって、四十六歳《さい》で亡《な》くなってしまいました。

さて、判事さんといえば、思いあたることはありませんか。そうですね。機械細工《きかいざいく》がたくみで、いろいろなおみやげを持ってきては、フリッツやマリーに楽しいお話をきかせてくれたドロッセルマイアーおじさんも、えらい判事さんでした。

お話のなかのドロッセルマイアーおじさんは、ホフマン自身のすがたなのです。じっさいに、やせぽっちの小柄《こがら》なひとだったそうです。ガラスのかつらをつけていたかどうかまで、私は知りませんけれど。

大審院の判事になってから、ベルリンで、ホフマンは親《した》しい友人たちと集まって、お話を作って発表しあう会を持っていました。その仲間《なかま》のひとりで裁判所《さいばんしょ》の同僚《どうりょう》でもあったひとの子どもたちが、ルイーゼ、フリッツ、マリーという名前だったのです。ホフマンはよくこの家をおとずれて、子どもたちにお話をきかせてあげていました。

ですから、マリーたちはホフマンおじさんが大好《だいす》きでした。いつもおじさんがくると、目をかがやかせて、玄関《げんかん》にむかえにとんでいったと、私は思います。ちょうどこのお話のフリッツやマリーのように。

この『くるみわり人形』も、ホフマンが友人の子どもたちを相手に話してあげたお話のひとつなのです。作品として残っているホフマンの小説は、「砂男」のようなこわい話、ぶきみな話がおおいのですけれど、こうして子どもたちにきかせるための、楽しいゆかいなおとぎ話も、きっと、たくさんたくさん、ポケットにつめこんでいたのでしょうね。

かわいそうに、ほんとうのマリーは、からだが弱くてわずか十三歳で亡くなってしまいました。ホフマンはどんなに悲しかったことでしょう。

でもマリーの思い出は、こうして『くるみわり人形』のなかに生きていて、今でも、世界の子どもたちに語りかけているというわけです。

原文からの訳出《やくしゅつ》には、長年の友人である福井《ふくい》信子《のぶこ》さんが大きな力を発揮《はっき》してくださいました。心からの感謝《かんしゃ》を！

作・E・T・A・ホフマン
1776年、ドイツのケーニヒスベルク(現在ロシア領)に生まれる。ベルリンで判事となり、作曲、指揮などの活動にたずさわりながら、作家としても有名になった。作品に『黄金のつぼ』など。1822年没。

文・大河原晶子(おおかわら しょうこ)
1955年、静岡県に生まれる。本書の他に『ゆうれい船』(共訳)、オペラ『ルル』(F.クーラウ作曲)の日本語歌詞がある。

※本書は、1986年ポプラ社発行の『くるみわり人形』を新装改訂しています。

1986年2月　第1刷　　2004年11月　第5刷(改訂　第1刷)

世界の名作文庫・W-51
くるみわり人形

作　ホフマン
訳　大河原晶子

発行者　坂井宏先　編集協力　山下真里子
発行所　株式会社ポプラ社
東京都新宿区大京町22-1・〒160-8565
振替・00140-3-149271
電話　(編集)03-3357-2216　(営業)03-3357-2212
(受注センター)03-3357-2211
FAX(ご注文)03-3359-2359

印刷所　瞬報社写真印刷株式会社
製本所　大和製本株式会社
Designed by Tomohisa Umano

ISBN4-591-08348-9／N.D.C.943／198P／18cm
落丁本・乱丁本は送料小社負担でお取り替えいたします。
ご面倒でも小社営業部宛ご連絡下さい。

ポプラ社文庫を座右におくる

日本の出版文化数百年の歴史からみて、今日ほど児童図書出版の世界が、あらゆる分野にわたって絢爛をきわめ、豪華を競っている時代はない。多くの先人が、営々として築きあげた児童文化の基盤に、後進の新鋭が、新しい魂の所産を孜々として積み上げてきた、その努力の結果がいま美しく開花しつつあるといってよいと思う。反面、自由な出版市場に溢れる児童図書の洪水は、流通の分野で混乱をおこし、読者の立場からいえば、欲しい本が手に入らないという変則現象を惹きおこすことになった。加えてオイルショックに始まった諸物価の高騰は、当然出版物の原価に跳ね返り、定価の騰貴をよび、読者を本の世界から遠ざけるマイナスを招いてしまった。

ポプラ社は昭和二十二年以来、数千点に及ぶ児童図書を世におくり、この道一筋の歩みをつづけて来た。幸い流通市場の強力な支援をうけ、また製作部門のささえもあって、経済界の激動を直に読者へ転嫁しない方策を講じて来たつもりである。しかし三十年の出版活動の中に生んだ、世評の高い諸作品が、ややもすれば読者の手に届かない欠陥のあることを憂い、ここに文庫の形式をとり、選ばれた名作を、更に読みやすく、廉価版として読者の座右におくることにした。この文庫の特長は、児童図書の一分野に企画を留めず、創作文学、名作文学、少女文学等、幅の広い作品を紹介し、多くの読者に、本に親しむ楽しさを堪能してもらうところにおいた。ご批判と、変わらぬご愛顧をたまわれば幸いである。

（一九七六年十一月）